De aankondiging

Said El Haji

De aankondiging

2011 Prometheus Amsterdam

Voor Mimoen, de kleine kalief
en voor Lieke, die hem ter wereld heeft gebracht

Deze uitgave kwam mede tot stand dankzij een beurs van
het Nederlands Letterenfonds.

Omslagontwerp WIM Ontwerpers
Foto auteur Willy Jolly
www.uitgeverijprometheus.nl
ISBN 978 90 446 1018 5

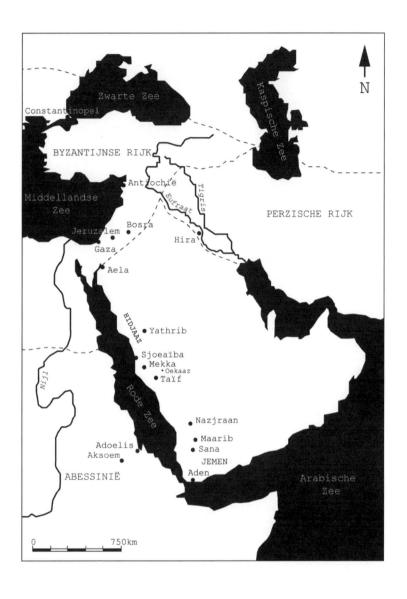

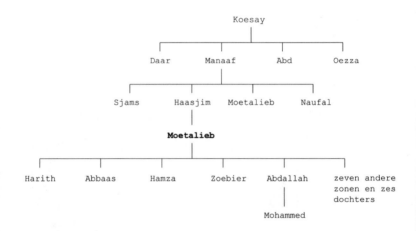

'Eén element moet dus de overhand krijgen over alle andere.
Zo moet er, om vermenging te doen plaatsvinden, ook één
groepssolidariteit zijn die alle andere overheerst.'

IBN KHALDOEN, *Muqaddima*

1

Lees!

Van het leven van mijn neef, 'de miraculeuze', is zo goed als niets bekend en dat komt doordat hij slechts korte tijd heeft geleefd.

Het gebeurde in de tweede maand van het jaar 58 voor de Olifant in Mekka, in de maand Safar, dezelfde maand dat ik ergens anders geboren werd. Mijn neef, van wie ik tot op de dag van vandaag de echte naam niet weet, was aan het spelen met de kippen in het voorportaal van zijn zonovergoten ouderlijk huis, toen een haan hem een oog uitpikte. De haan hield het oog nog parmantig vast in zijn snavel toen de bediende van het huis op het hemeltergende geschrei afkwam. Het kind, slechts zestien maanden jong, overleed drie dagen later. De treurende ouders vermoedden er de straffende hand van Hoebal in. Maar de geneesheer, die een volger van Hippocrates was, zei dat de goden niets kon worden verweten omdat de oorzaken van ziektes geen bovennatuurlijke aangelegenheid waren. De geneesheer sprak liever van een acute vergiftiging die de lichaamssappen fataal had verstoord. Niettemin, de haan

werd de kop omgedraaid en aan de straatkatten gegeven, om te voorkomen dat hij nog meer onheil aan-
richtte.

2

Acht jaar later zag ik op een dag een man in een blauwe tuniek van Yemenitische stof met dito tulband op een glanzende kameel gezeten aankomen, en ik wist meteen: dát is mijn oom Moetalieb, de leider van Mekka, en hij komt voor míj! Hij vroeg of ik wist wat hij kwam doen. Ik zei dat hij was gekomen om mij mee te nemen naar een land dat heilig was. Daarop vermaande hij: 'Mekka is ook het land van "de miraculeuze", vergeet dat niet! Wee degene die gedoemd is vergeten te worden alsof hij nooit geleefd heeft!'

Het is de eerste en laatste keer dat ik hem over zijn enige en verstoken zoon hoorde spreken. Namen moesten tegemoetkomen aan ons verlangen het onheil te bezweren, daarom kenden wij ze een magische kracht toe en kozen we een naam die positieve gedachten opriep. 'De miraculeuze', noemde hij hem dus, in de hoop dat het deerniswekkende ongeluk dat hem van het leven had beroofd met terugwerkende kracht iets wonderbaarlijks werd.

3

We waarschuwen elkaar voor slangen en schorpioenen, voor hitte en droogte, voor demonen, voor mythische wezens die door geen enkel mensenoog zijn waargenomen, voor allerlei niet te onderschatten gevaren, hoe wonderlijker hoe beter, en we zwijgen over het onbenullige, het onbeduidende, het dagelijkse. Waarom eigenlijk?

Ik kan me niet permitteren het antwoord schuldig te blijven, omdat ik een bedoeling heb met mijn schrijven.

In de allereerste plaats is er de ervaring. We weten dat we ons niet onbezonnen moeten inlaten met slangen en schorpioenen, omdat we op basis van eerdere ervaringen hebben geleerd dat slangen en schorpioenen giftig kunnen zijn. Al zijn er mensen die oprecht getuigen van de goedheid en de onschuld van deze dieren, we zullen ze niet gauw aaien zoals we een kameel of paard zouden aaien. En over plekken waarvan we niet willen dat onze kinderen ze zullen bezoeken, omdat we bijvoorbeeld weten van de ongelukken die er kunnen gebeuren, vertellen we dat er menseneters of demonen wonen. Dat doen wij niet omdat we behagen scheppen in het vertellen van leugens, of omdat we allemaal in menseneters en demonen geloven, maar om hen die er wél in geloven te behoeden voor het gevaar dat zij niet en wij wel zien.

Maar er is meer. Het heeft met dromen te maken.

Alle dromen zoeken hun weg naar de eeuwigheid via dezelfde ontmoetingsplek: de wereld.

Dat mensen dromen koesteren, is bekend. De ene mens heeft grote dromen, de andere is wat bescheidener daarin, weer een andere loopt er rusteloos mee rond en kan niet wachten om zijn dromen verwerkelijkt te zien. Nóg een andere weet van zichzelf niet eens dat hij dromen heeft, laat staan dat hij erdoor geleid wordt. Om deze laatste soort draait het. We hebben ze allemaal, omdat ze wezenlijk zijn voor hoe wij onszelf in de wereld zien. Een van deze verborgen onbewuste dromen is de overtuiging dat we ertoe doen, dat we voorbestemd zijn voor belangwekkende dingen. We willen niets weten van het rijk der vergeten doden, waar de resten van ontelbare mensen liggen te verassen nadat ze door de een of andere onbenulligheid het onderspit hebben gedolven. Het is verontrustend te beseffen dat hanen de ogen van onze kinderen kunnen uitpikken.

4

Zowaar ik de zoon van 'de verkruimelaar' ben, verblijden tijden bij de mooie herinneringen die we eraan koesteren en ze kwellen bij de schade en schande die we vergeten wensen: moeder die hooggezeten als een vereerde meesteres de lusthof verlaat en ik die er huilend achteraan hol en opeens bij mijn oksels beetgepakt en naar binnen gedragen word, of een rij kinderen staande op een wal die met behulp van slingers stenen naar mij keilen, zodat ik moet rennen om weg te komen. Ik kan me ook de wolven herinneren. 's Nachts brachten ze vanuit hun hoger gelegen territoria een gejank ten gehore alsof ze vast van plan waren om bij de mensen naar binnen te gaan en ze aan stukken te scheuren. Ik kon er soms niet van slapen en bleef dan lang luisteren naar hun onheilspellende geluiden.

Ik was typisch zo'n kind van wie grote mensen zouden zeggen: hij leeft in zijn eigen wereld, hij heeft een levendige fantasie. De stoet aan bediendes die bij ons inwoonde, legde mij in weerwil van moeders wetten geen duimbreed in de weg zolang ik maar binnen de muren van het etablissement bleef.

Moeders eerste wet: ik mocht onder geen beding de lusthof verlaten.

Deed ik dat wel, dan zou het onheil zich over ons huis storten. Dus liet ik van heinde en ver onzichtbare menigtes toestromen, die ik op de kruin van een verre berg of boom, of allebei als ik daar zin in had, liet plaatsnemen. Tegen de muur aan de achterkant van het huis was namelijk een mesthoop en ik had er plezier in om van het dak in de zachte hoop te springen. Daarbij verbeeldde ik me heel wat. Alles en iedereen moest mijn durf bewonderen en ik zag erop toe dat ze wisten wat hun te wachten stond, opdat ze de ogen konden sluiten als het ze toch iets te veel werd. Ook de sprinkhanen en de strontvliegen, die net als ik niet van de mesthoop waren weg te slaan, sprak ik toe. Ja, zelfs de vissen in de zee die ik achter de glooiende heuvels in het westen vermoedde, droeg ik op alert te zijn. Zo leerde ik over een werkelijkheid te dromen als iets wat in het diepste van mijn wezen stroomde, onafhankelijk van de beperkingen die aan mijn bewegingsvrijheid werden gesteld – of misschien wel vanwége die beperkingen. Onderling schertsten de huisknechten vertederd over hoe de kleine Sjaïba met de dieren sprak. Al waren zij bevoegd om gezag uit te oefenen over mij, ze verzuimden dat, want zij waren van kinds af slaaf geweest en nooit hadden ze in de gaten gehad dat hun horigheid afgedwongen in plaats van ingeschapen was. Het kwam erop neer dat ik koning te rijk was als mijn moeder naar buiten ging. Maar wanneer zij weer thuiskwam en met één neusgat rook wat ik gedaan had, dan verging het lachen ons allemaal.

Moeders tweede wet: iedereen moest te allen tijde geuren naar baba's rozentuin.

Niet voor niets liet ze het hele huis met rozenblaadjes versieren, en van de rozenbottels liet ze confituur maken.

Ze was beeldschoon, mijn moeder, dat hoorde ik vaak genoeg zeggen. Ze kleedde zich mooi en rook lekker, iedereen bewonderde haar erom. Maar ze was geen gazelle meer. En dat vonden vrouwen over het algemeen een zorgwekkende ontwikkeling. Mijn moeder zocht de vergankelijkheid te keren via de verering van de godin Oezza, en door hygiëne. Rein, schoon, zuiver en puur moesten we zijn, daar was ze heel stellig in. Met nalatige huisbediendes en een zoon die de hele dag in de mestvaalt dook, zou ze nooit genade vinden in de ogen van haar vereerde godin, vreesde zij. 'O, machtige vrouw, beschermer van eeuwige jeugd, hoe lang nog?' verzuchtte zij dan. Daarna stuurde ze mij naar het washok om me het vel van mijn lijf te laten schrobben.

Gedurende negen jaar leefde ik in de ommuurde beslotenheid van moeders lusthof, waar Oezza de hygiënische scepter zwaaide en de edele heren met hun geschenken en pompeuze maniertjes zich aan haar voeten vlijden.

De heren die bij ons op bezoek kwamen, kwamen voor mijn moeder en ze hadden alleen oog voor haar. Ik zag hoe ze haar ronddroegen. Hooggezeten in een draagstoel met glimmende kussens, als een vereerde meesteres, verliet ze de lusthof om bij het vallen van de avond lachend, kirrend en zich koelte toewuivend met wéér een nieuwe waaier van alwéér een nieuwe bewonderaar de bloemrijke opgang van mijn kleine besloten rijk binnen te komen. Ik twijfelde er niet aan of ze hield meer van die mannen dan van mij. Daarom verachtte ik hen. Ik wantrouwde alle rijke kooplui die met hun geld en mooie spullen dachten dat ze geen manieren nodig hadden. In de nachtelijke uren dat ik de slaap niet kon vatten, trok ik er in mijn duisterste gedachten op uit om vriendschap te zoeken met de wolven. Ik droeg hun dan op: Ga! Verscheur de leugenaars en de huichelaars van de wereld met de scherpte van jullie tanden! Sla hun gespleten tong uit hun mond met jullie klauwen, opdat ze voortaan zullen zwijgen!

In mijn dromen kon ik alles. Maar in mijn nachtmerries was ik, helaas, zo machtig niet. Ik droomde dan over mijn moeder, over hoe zij in een kamer opgesloten lag waar ik niet bij kon, terwijl honderden slangen over haar heen kropen; ze lachte en lachte en hoorde mij niet.

Op een dag, heel plotseling, vond ze dat het beter was als ik bij mijn oom Moetalieb in Mekka ging wonen. Ze riep me naar haar kamer om me dat te vertellen, terwijl ze bezig was zich door haar kleedster een nieuwe tuniek te laten passen, zo'n halflange met niets eronder.

'Waarom?' wilde ik weten.

'In Mekka zul je vrijer zijn, en heel veel vrienden hebben,' droeg ze aan.

'Het is niet mijn schuld dat ik ruzie krijg.' Eigenlijk wilde ik niet vertellen over de keren dat ik stiekem over de muur was geklommen via de acacia naast ons huis. Ik wilde niet vertellen van de kinderen uit de buurt die onaardige dingen zeiden over haar en over mij. Het was echt niet zo dat ik eropuit trok om ruzie te zoeken, de ruzie vond míj. Ze gingen dan in een kring om me heen staan en zeiden die dingen over mijn moeder en over mij, dingen waarvan zij kennelijk vonden dat ze gezegd moesten worden. Waarom? Omdat mijn moeder met verschillende mannen ging, daarom. Maar wat kon ik eraan doen, en wat ging hen dat aan? Ik vond het stom en het maakte me boos. Dus sloeg ik, hard en raak, en bij het uithalen riep ik: 'Ik ben de zoon van "de verkruimelaar", de heer en gebieder van de vallei!'

Moeder nam me van top tot teen op. 'Heb je ruzie? Waar hebben ze je pijn gedaan?'

'Stuur me naar Mekka,' zei ik. 'Stuur me naar China voor mijn part.'

Toen zei ze, heel ferm alsof iets haar gekwetst had: 'Jij bent beter dan zij, Sjaïba, luister niet naar hen. Jij bent een zoon van Yathrib én van Mekka, zij zijn slechts sloebers van de straat.'

5

Het eerste waar ik aan dacht toen ik de stem van oom Moetalieb hoorde, was een gigantische kudde kamelen die door de woestijn denderde. Een gedachte die niet alleen door associatie tot stand kwam, aangezien hij werkelijk een meer dan verdienstelijk kamelenfokker was. Dat had ik gehoord van een van onze huisknechten, die vroeger van mijn vader was geweest.

'Wie ben jij?' vroeg mijn oom, en hij nam mij in zich op alsof hij een slaaf keurde.

'Ik ben Sjaïba,' zei ik. 'Dat weet u allang, anders was u hier niet.' Meteen daarna vroeg ik: 'Wanneer vertrekken we?'

'Sjaïba wie? De enige Sjaïba die ik ken is een kamelin, de moeder van alle kamelinnen. Sjaïba is zo bijzonder dat ze altijd in vrijheid geweid moet worden, anders sterft zij.'

'Wat kamelin! Ik ben de zoon van Haasjim, "de edele verkruimelaar".'

'Zeg mij, wie is "de edele verkruimelaar"?'

'Doe alstublieft niet alsof u niet weet wie mijn vader is.'

'Wie is "de verkruimelaar"?' drong hij aan.

Ik keek hem strak aan om er geen misverstand over te laten bestaan dat de afkomst van mijn bloed mij aan het hart ging, en zei in één adem: 'Ik zal u vertellen wie "de verkruimelaar" is. Hij is uw bloedeigen broer, de broer van Sjams en Naufal, van onze machtige stam Koraisj. Hij is de redder van Mekka, een heer en gebieder van de vallei. Hij is een zoon van Manaaf, die de broer was van Daar, Abd en Oezza; Manaaf, die de zoon was van Koesay, die eigenlijk Zaid heette, de zoon van Oerwah, die Kilaab werd genoemd omdat hij altijd honden gebruikte wanneer hij uit jagen ging, die de zoon was van Moerrah, die de zoon was van Kaab, de zoon van Loeajj, die de zoon was van Ghalib, de zoon van Fihr. Zo kan ik nog een hele poos doorgaan, tot aan Smaïl als u wilt...' Maar eerst moest ik even op adem komen.

'Het is goed, ik geloof je,' zei hij. 'We vertrekken morgenvroeg.'

6

Op de vroege ochtend van vertrek was mijn moeder er niet bij voor een laatste zwaai ten afscheid. Heel erg vond ik dat niet. Zij was niet zo moederlijk en ik was geen aanhankelijk kind. We vertrokken in stilte, oom Moetalieb en ik. Het was in de tweede lentemaand en Yathrib baadde in de geur van bloeiende velden. We gingen zuidwaarts door een vruchtbare open vlakte vol dadelpalmen met door regen gevormde zoetwaterplassen waar allerlei vogels uit dronken, maar het land veranderde naarmate we verder zuidwaarts trokken. Allengs zagen we ons omringd door een desolaat landschap bezaaid met rotspartijen en granieten bergruggen. Bij het zakken van de zon werd het zand rood, de schaduwen werden lang en zacht en uit de vlakte kwam de woestijnwind geruisloos aangeslopen. We rustten pas uit toen we geen witte van een zwarte draad meer konden onderscheiden. Bij een kampvuur aten we klompen samengeperste dadels en vijgen. De volgende dag, nog voordat de zon het land met zo'n wit licht overgoot dat het pijn aan de ogen deed, stonden we op, aten en dronken wat en reisden verder. Soms zag ik wilde bloemen en kruiden op plekken waar ik het absoluut niet verwachtte, bijvoorbeeld daar waar de grond uit los zand bestond, en dan wist oom Moetalieb dat het er nog die dag geregend had. Zo leerde ik ook meteen wat de lasten en zegeningen waren van het woestijnleven. Het begin en het einde van alles was woestijn, zei mijn oom. In het begin was er woestijn en aan het einde wachtte ook woestijn. Dankzij ons had de woestijn een leven, want zij leefde in ons hart en in onze dromen. Maar de woestijn kon ons allemaal breken, want tussen wat zij ons bood en ontbood lag onze vrijheid, maar we mochten nooit denken dat we die aan onszelf te danken hadden. Toen ik mijn oom voorstelde om bij de eerstvolgende halte uit te rusten, omdat ik het te warm vond om in de blikkerende zon door te reizen, wist hij te melden dat de zon een onverzadigbare feeks was en dat in het hart van de mensen eenzelfde soort onverzadigbare feeks brandde. Over het geheel genomen zei oom Moetalieb echter niet veel, eigenlijk sprak hij alleen als er wat te onderwijzen viel. Zo regen de dagen zich aaneen. We hadden voldoende water, geen haast en we ontmoetten geen zandstormen. Af en toe waaide er een verrukkelijke bries vanuit zee, een magische bries, die me met zo'n trots vervulde dat mijn borst ervan opzwol. Ik had over al de landen en volkeren gehoord waar mijn vader heen was gegaan, en het trof mij ongemeen goed te weten dat hij trots op mij zou zijn geweest, trots op mijn emigratie naar zíjn land.

Drie weken en twee dagen deden we erover om onze

bestemming te bereiken. Op de derde dag van de eerste week van de maand Rabi-al-Aagir, de tweede lentemaand, waren we uit Yathrib vertrokken; op de vijfde dag van de vierde week van diezelfde maand arriveerden wij in Mekka, vlak voor de hete, droge zomermaanden van het jaar 49 voor de Olifant.

7

Er wordt gezegd dat Zjoerhoem en Katoera neven waren, werkslaven afkomstig uit Yemen, dat toen nog aan Perzië gebonden was. Onder de voortdurende dreiging van de Perzische stok moesten zij zwoegen in een onbarmhartig oord waar zilver werd gewonnen, jaren achtereen, tot de dag dat de bezetter werd teruggeroepen en zij in die bedoeïenenhel werden achtergelaten. Ze trokken zuidwaarts in de verwachting dat ze in hun vaderland zouden uitkomen. Zwervend door steppe en vulkanisch land zagen zij op een dag een valk aan de hemel die daar roerloos bleef hangen, alsof hij vliegen noch vallen kon, en plots ter aarde zonk. Als dat geen teken was, dan bestonden ze niet. Ze gingen op onderzoek uit en troffen een met water en bomen gezegende vallei.

Deze werd bewoond door mensen die zich afstammelingen van Smaïl noemden. Ze leefden vriendelijk en vergevensgezind samen, deuren stonden uitnodigend open voor al dan niet geïnviteerd bezoek, alle oogst werd eerlijk en zonder twist verdeeld, en in de vrolijke stemming van kirrende vrouwen omgeven met duimzuigende snottebellen op blote voeten werd de was bij de waterplaatsen gedaan. Ook maakten de inwoners rondgangen om een geheiligde steen zo zwart als de nacht, die zij liefdevol bedekten met een voorhang van bladeren en palmvezels terwijl ze gebeden naar de hemel zonden en kreten aanhieven. De steen, zeiden ze, was hun als geschenk uit de hemel gezonden om hen eraan te herinneren dat hun plaats van herkomst tussen de ontelbare sterren lag.

De neven hadden zoiets nog nooit gezien. De vallei was een betoverde plek in hun ogen.

Er waren wetten die ze moesten heiligen. Nooit ofte nimmer zouden ze aanspraak kunnen maken op het eigendomsrecht van het water, dat ondergronds stroomde en op verschillende plekken naar boven welde; geen mens kon het zich verwaardigen de rijkdommen van de vallei te bezitten; en met de Smaïlitische vrouwen mochten ze geen gemeenschap hebben. Zjoerhoem en Katoera zwoeren zich aan de wetten te houden om in de vallei te kunnen blijven.

Waar Zjoerhoem zich in het hoger gelegen deel van de vallei vestigde, verschanste Katoera zich in het lager gelegen deel. Ze reden rond in gestolen Egyptische strijdwagens aangevoerd door (eveneens gestolen) machtig sterke paarden die ze met fluitende zweep aanzetten, hopend ontzag te wekken bij de Smaïlieten. Wat begon als onschuldige wedijver tussen twee jongemannen, resulteerde erin dat de een de zeggenschap van de ander betwistte en vice versa. Ze vervaardigden speren, schilden en zwaarden om zich te kunnen weren, hoewel zij de enigen waren die wapens bezaten. De Smaïlieten zagen het hele gebeuren afkeurend aan. Lag de beste bescherming niet gewoon in de vernietiging van dat wapentuig?

Er werd vernederd, er werd gevochten en er vielen doden, onder wie Katoera. Gevraagd naar het waarom, antwoordde Zjoerhoem: 'Ik heb hem gedood omdat hij het slecht voorhad met jullie. Hoewel we van hetzelfde bloed zijn, ben ik een veel betere koning dan hij.'

Koning? Was het de neven daar om te doen geweest, om het koningschap? De godvrezende Smaïlieten geloofden dat alleen Hij die de macht had om stenen vanuit de hemel naar de aarde te zenden, tevens het recht had om over de mensen te beschikken. Geen mens had dezelfde macht, dus had geen mens het recht om over de ander te beschikken. Mensen waanden zich goden via hun gemaakte wetten en besluiten.

Het ontriefde de zelfbenoemde koning Zjoerhoem. Openlijk twijfelde hij aan de macht van de Zwarte Steen. 'O, Bakka, luister goed,' zei hij, 'waar jullie steen te stom is om iets te zeggen, spreekt de god Hoebal de waarheid in de moeilijkste aangelegenheden. Wend je dus voortaan tot Hoebal!' En toen hij in een droom hoorde zeggen dat de Zwarte Steen met een stof moest worden bedekt die hem waardiger was dan de voorhang van bladeren en palmvezels, liet hij hem bedekken met een deken die was gemaakt van de gebruikte jurken van zijn concubines. Niet om de Steen te eren, maar omdat hij op diezelfde plek publieke orgieën organiseerde ter ere van de vruchtbaarheid. Naast zijn Romeinse gewoonte om onaangeraakte vrouwen, ook Smaïlitische, bij zich te nemen en tot hen in te gaan, zodat hij een vermenging van bloed bewerkstelligde, nam hij buitensporige gelden en giften aan die eigenlijk voor de heiligdommen waren bestemd. De Smaïlieten berustten en berustten niet, ze wachtten slechts en het kwam niet in hun vredelievende gedachten op om zich te verheffen tegen de zelfbenoemde koning.

In dezelfde tijd leefden wij, de stam Koraisj, als de kinderen van een verre onbekende stamvader verspreid over het land. We waren ruziemakers, rovers, moordenaars, vormloos van ziel en zonder leer; niettemin droomden wij over een andere wereld. Onze gedroomde wereld behelsde het wagenwijd openen van het boze oog der concurrenten. Wij hoorden van de steden die door grootmachten waren ingelijfd of in de as gelegd, we hoorden van het uiteenvallen en uitwisselen van vorstendommen als ruilgoed, van deportaties en massaslachtingen, en wat wij dachten was dat het zo hoorde, en dat wij dat dus ook zo wilden. Wij droomden van een machtig handelscentrum, zoals Palmyra, dat te midden van de woestijn historische grootsheid had bereikt en rijkdom verworven door reizende handelaren bescherming te bieden tegen razzia's van buitjagende bedoeienen. Wij droomden van een historische toekomst, dat we zouden beklijven in de herinnering van onze opvolgers en in de eeuwigheid. Wij droomden dat we het lot in eigen handen hadden en dat we ervan konden maken wat we wilden. Heersers waanden wij ons, maar we zagen niet de ondergang die we reeds over onze toekomst afriepen. Want wij droomden, alleen wisten we het niet. De wervelende wereld waarin wij ons verbeeldden te leven, leek in niets op het barre land waarin we werkelijk leefden.

Het is een tragische dwaling, te denken dat we realistisch zijn.

8

Het is een bekend verschijnsel dat de dingen ons kleiner toeschijnen dan we ze van onze kindertijd herinneren. Door levenservaring leert men relativeren. Toch lijken de dingen niets van hun illusoire karakter te verliezen. Hun werkelijke grootte blijft zich aan onze waarneming onttrekken, dus of het geheugen de dingen nu groter maakt dan ze werkelijk zijn of dat ze door onze ervaring slechts kleiner líjken, kunnen we onmogelijk vaststellen. Het eigenaardige van mijn allereerste herinnering aan Mekka is nu juist dat ik het helemaal niet groot vond (en dat de stad pas groter en groter werd naarmate ikzelf meer van de wereld ging zien).

Oom Moetalieb en ik kwamen aan bij een witte zandvlakte met wat struikgewas hier en daar, waar kamelen in de zon zaten uit te rusten. Daarachter verhief zich Mekka, een verzameling grauwe, gezichtloze huisjes gebouwd op lavasteen, ingeklemd tussen afgekloven berghellingen.

'Ik dacht dat Mekka een heilige stad was,' zei ik teleurgesteld.

'Misschien heeft de lange reis je uitgeput,' verklaarde

oom. 'Wat weet jij er trouwens van wat heilig is?' Hij stopte even, begon de kameel over zijn nek te aaien.

'Waar zijn de blinkende paleizen dan, de luxe villa's en de torens en de vestingmuren, en de wachters om Mekka te beschermen?'

'De dingen die je daar noemt, hebben niets met heilig te maken. Het is niet iets wat we kunnen zien of aanraken, als je dat soms denkt.'

We gingen Mekka door de Noorderpoort binnen. Ik vond het maar een rare poort; hij werd niet gemarkeerd door iets, een muur of afscheiding, maar stond daar ineens, even parmantig als plompverloren.

'Weet je wat daar staat?' Oom wees naar een inscriptie boven de poort. 'Het is Nabateïsch. Wij gebruiken het Nabateïsche schrift om onze woorden over te brengen.' Toen stapte hij af en las hardop voor: 'Door mij gaat men de favoriete verblijfplek van de goden binnen.'

Via nauwe, beschaduwde straatjes en doorgangen kwamen we uit op een ommuurde plek, waar een kleine markt plaatsvond. Mensen krioelden in ondoorgrondelijke patronen, te paard, kameel of door Nubische slaven gedragen in versierde draagstoelen. Prettig vond ik het om op de kameel te blijven zitten en alles van een hoogte te beschouwen, terwijl ik gepofte kikkererwten at. Daar waren allemaal mannen die mijn oom herkenden en eerbiedig voor hem opzijgingen, en die wilden weten wie ik was. Mijn oom, de aanvoerder van de Koraisj, de heer en gebieder van Mekka, antwoordde zo luid dat iedereen het kon horen: 'Een knechtje. Een knechtje dat ik heb gekocht.'

Ik deed net of ik het niet hoorde, maar beet op mijn tong van schrik.

Desalniettemin werd ik hartelijk verwelkomd. Het was een ontvangst die mij tamelijk ondoorgrondelijk scheen, gepaard gaande met allerlei innige omhelzingen, kussen, nog meer omhelzingen, nog meer kussen, dan eens op de wang en dan weer op mijn hoofd. Ik wist niet meer waarheen ik mijn gezicht moest wenden en kuste mijn tante per abuis op de mond. Tante deed of ze het niet doorhad, want het was niet gepast om je tante op de mond te kussen. Er waren nog twee vrouwen in huis, de ene iets ouder dan ik en zo verlegen door mijn aanwezigheid dat ze zich na het groeten meteen uit de voeten maakte om iets in de keuken te doen, de andere was een oudere vrouw die speciaal voor mij op visite was gekomen maar die ik nog nooit had gezien, en toch vond zij het heel raar dat ik niet wist wie zij was. 'Weet je echt niet wie ik ben?' vroeg ze met overdreven gespeelde verbazing, maar op zo'n manier dat ik haar wel aardig vond. 'Herken je me dan niet meer? Ach, ik ben dan ook geen jonge meid meer.' Ze lachte, haar ogen lachten mee en ik vond het jammer om steeds maar nee te zeggen tegen haar. Nee, ik wist echt niet wie zij was, nee, ik herkende haar echt niet, nee, ik was nog nooit eerder in Mekka geweest, nee, ik kon nog niet zeggen of ik het in Mekka leuker vond dan in Yathrib.

Het huis van mijn oom Moetalieb was groot en ruim en had wel twee verdiepingen. Het stond op de uiterste rand van wat ooit een rivierbedding moet zijn geweest, in een straat die aan de ene kant uitkwam op een marktplein en aan de andere kant stond de armenoven, een koepelvormig aarden bouwsel waar de arme mensen hun brood lieten bakken. Er was een voorportaal met allemaal kippen, een binnenplaats waar het regenwater kon worden opgevangen en aan de voorkant een tuin waar een ontzettend oude boom stond, muisgrijs van bast en met takken als voorwereldlijke klauwen. De vertrekken waren koel en donker, aan de muren hingen grote wandtapijten waarop krijgslieden met geheven zwaard op steigerende paarden te zien waren, weergaven van de vele oorlogen tussen de Byzantijnen en de Perzen. Op de bovenverdieping bevonden zich de slaapvertrekken, waarvan de achterste ramen uitzicht hadden op de kern van de Haram. Helemaal vrij was het uitzicht niet, omdat er enkele platanen stonden. Wel kon ik vanuit hier de Ka'ba zien.

9

Wie was toch die knappe, ingetogen jongeman die sinds kort in Bakka woonde, en die vroom de heiligdommen van de vallei en van de omringende gebieden bezocht? Men noemde hem Koesay, omdat hij van ver kwam, maar zijn eigenlijke naam was Zaid. Het gerucht ging dat hij een Smaïlitische vader had, die toen hij nog leefde al de bomen van de vallei zou hebben geplant. Zaids moeder hertrouwde en vertrok met haar nieuwe echtgenoot naar zijn land, Yemen. De kleine Zaid was meegegaan en groeide op zonder een andere vader te kennen dan de tweede man van zijn moeder. Maar nu was Zaid geen kleine jongen meer en zijn naam was Koesay. Hij was naarstig op zoek naar een vrouw. Zo liet hij zijn oog vallen op de mooie Haj, een dochter van de naaste adviseur van koning Zjoerhoem. Koesay vroeg om haar hand en de notabele stemde ermee in, omdat hij wist wat zijn dochter voor hem voelde. Toen de koning echter zag dat zijn adviseur zijn mooie dochter had weggegeven aan een vreemdeling zonder hem daarin te kennen, terwijl hijzelf een positie voor haar in gedachten had binnen het hof, samen met de andere concubines, onthoofde hij hem. Niemand kon trouw zweren en tegelijk zo ontrouw zijn. Koesay organiseerde een knokploeg van stamgenoten en getrouwen en drong met hen het koninklijk paleis binnen, van binnenuit gesteund door de vrouwen die de koning voor zichzelf had verzameld en die zijn bloed wel konden drinken. Er vielen doden en nog veel meer gewonden, tot beide partijen voorstelden zich te onderwerpen aan de arbitrage van Hoebal. Koning Zjoerhoem stond de arbitrage alleen toe omdat hij dacht dat de godheid in zijn voordeel zou beslissen, aangezien hij hem daar zelf geïnstalleerd had. Maar de godheid oordeelde in het voordeel van Koesay. Het gehuil en geweeklaag van de verdreven koning weerklonk wekenlang in de omringende heuvels: 'Welvaart heb ik jullie gebracht! Ik heb jullie legendes geeerd! Wat brengen jullie mij? Knuppels, stenen en eerloos bloed! Een roemloze ondergang!'

Koesay vermeed koninklijke titels en belastte zich met de bescheiden rol van heer en gebieder. Ook liet hij het koninklijk paleis verbouwen om iedere associatie met zijn voorganger te vermijden. De muren die versierd waren geweest met kleurige marmeren friezen en kunstig houtsnijwerk, de koperen deuren die naar een overdekt gangpad met gebeeldhouwde en goudbedekte zuilen hadden geleid, de mozaïeken gewelven die waren bezaaid met sterren van goud – alles liet hij verwijderen en terugbrengen tot een sober huis dat geen enkele bewondering of jaloezie opwekte. 'Dit is het Huis van Koesay,' zei hij.

De Smaïlieten waren geroerd door dit grootse gebaar van nederigheid. 'Voorwaar, u bent onze heer en onze gebieder,' zeiden ze.

Door heiligdommen in het omringende gebied onder zijn gezag te brengen, breidde Koesay de grond van de Smaïlieten uit tot ver buiten de oorspronkelijke grenzen. 'Dit is de Haram,' zei hij.

De Smaïlieten waren er trots op dat hun vredelievende levenswijze werd verbreid naar de omringende gebieden. 'Voorwaar, u bent onze heer en onze gebieder.'

Toen schakelde Koesay Yemenitische bouwmeesters in om een tempel te bouwen in het hart van de Haram, met in de oostelijke muur, de kant van de opkomende zon, de Zwarte Steen als hoeksteen vervat. 'Dit is de Ka'ba,' zei hij.

De Smaïlieten waren hem dankbaar, zoals ze dankbaar waren voor alles wat door hún heer en gebieder werd gedaan. Koesay was geen beschikker in hun ogen, maar handelde slechts in overeenstemming met wat zij zelf wilden.

Pas nadat de tempel voltooid was, nodigde Koesay mensen uit om zich in Bakka te vestigen en zich onder zijn leiding te verenigen. Speciaal voor de oudsten – eerbiedwaardig zijn zij! – liet hij grote huizen van steen bouwen, die meerdere kamers rijk waren en voorzien van een binnenplaats. De mensen kwamen, aangetrokken door dromen, hebzucht en heiligdommen, van heinde en ver: Kinanieten, Koezaa, Thakifieten, Mahzoemi, uitgeweken Perzen, allerlei subgroeperingen, bedoeïenen en dolende slaven. In golven kwamen ze, ongekamd, onder het stof, op de rug van dieren, terwijl ze de lof van hun goden zongen. 'Dit is Mekka,' zei hij. 'Waar Bakka van de Smaïlieten was en waar de zuiverheid van de ene stam de vermenging met de andere stam in de weg zat, is Mekka van iedereen.' Dit was het laatste wat Koesay deed.

De Smaïlieten schikten zich, want zij durfden uit respect en waardering niet tegen de wens van hun geliefde heer en gebieder in te gaan. Maar diep in hun hart borrelde onbehagen en een grote ontevredenheid. Wie zijn oor te luisteren legde bij de mensen in de straat, kon het gemopper niet ontgaan. Mekka? Hoezo Mekka? Wat was dat nu voor een naam? Wat was er mis met Bakka? Waarom kon het niet gewoon bij het oude blijven? Het ging ineens wel heel erg snel de laatste tijd. Waar waren die zogenaamde ontwikkelingen en invloeden van buiten eigenlijk allemaal goed voor? Et cetera, et cetera. Had het eerst volstaan om een gordijn van het haar van geiten of kamelen voor de deur te hangen, steeds meer verlangde men volledig afsluitbare deuren en ramen, omdat nieuwkomers die het verschil tussen mijn en dijn niet of onvoldoende kenden, huizen binnendrongen en meenamen wat ze voor zichzelf (of voor hun naasten) nodig hadden, zoals hout voor hun tenten en steen voor hun kookpotten.

Oud en krachteloos geworden, overhandigde Koesay ten slotte alle taken aan zijn oudste zoon Manaaf, en zei: 'Men vindt dat je zwak bent in vergelijking met je broers. Maar jij bent mijn eerstgeborene en daarom stel ik je boven hen.' Waarna Manaaf zich tot de Mekkaanse stammen wendde en de woorden sprak: 'Geen prins is zijn gelijke, die mij heeft aangewezen als zijn rechtmatige opvolger. Ik ben Manaaf, de eerstgeboren zoon van uw geliefde heer en gebieder Koesay, de stichter van Mekka. In Mekka ben ik geboren en getogen, ja, de vallei is mijn thuis. Schaart u zich allen achter mij, ik garandeer u: een grote zege ligt voor u in het verschiet.'

Koesay was nog geen dag begraven of de broers misgunden de aangewezen nieuwe leider zijn rechten. Ze kwamen als vijanden tegenover elkaar te staan, liquidaties waren aan de orde van de dag, magen werden opengereten en al te amicale stafleden werden onthoofd uit vrees dat ze voor de ander werkten. Uiteindelijk wisten twee overgebleven broers, onder wie Manaaf, overeenstemming te bereiken in de wijze waarop de rechten over de vallei onderling werden verdeeld – en zo werd een totale zelfslachting onder de nakomelingen van Koesay voorkomen. Toch braken er later rellen uit over welk gedeelte van het land bij wie hoorde, wie van welke bron mocht drinken, wie van welke boom de vruchten mocht plukken... Er was weinig over van de betoverde plek die de vallei ooit geweest was. Veel inwoners waren de wanhoop nabij en vluchtten met het beetje levenslust dat ze nog overhadden naar plaatsen waar ze een beter leven tegemoet konden zien. De anderen bleven noodgedwongen en vervielen in roofzucht.

Toen de mens uit zijn paradijs viel, begon zijn neus te

bloeden en het bloed verspreidde zich over de aarde. Hij schrok er hevig van, viel flauw en huilde veertig jaren lang. Een onzichtbare hand werd over zijn hart gelegd, en kijk: verder ging hij met het verspillen van bloed.

10

Ik was boven op het dak en liet mijn blik over de andere daken glijden tot de bergen rondom, toen ik oom Moetalieb hoorde roepen op de binnenplaats. Ik rende naar beneden, de donkere gang door die leidde naar een halletje met vier deuren, waarvan er een uitkwam op de binnenplaats. Daar stond mijn oom. Hij hield een kip bij zijn vleugels vast. Tante stond erbij. Toen haalde oom een mes tevoorschijn, achter zijn rug om. Zodat de kip het niet zag?

'Je moet leren slachten, want je bent al een grote jongen,' zei hij.

Ik schrok, deinsde terug het halletje in. Ik kon me levendig voorstellen hoe ik daar zelf lag dood te bloeden.

'Die jongen is nog jong,' verontschuldigde tante.

'Wees niet bang,' suste oom, 'we zijn bij je.'

'Nee!'

'We doen dit voor jou. Om jou welkom te heten. We moeten dankbaar zijn, Sjaïba.'

'Laat hem,' zei tante.

Oom zag zich genoodzaakt om het zelf te doen. Maar ik wilde het niet zien. Ik begreep niet waarom ik zou moeten toezien hoe een dier geslacht werd en rende weg. Dan was ik maar zwak en ondankbaar, het kon mij niet schelen.

11

Mijn nieuwe leven in Mekka beangstigde mij, zeker in die eerste zomermaanden dat ik er woonde. Anders dan mijn moeder had gezegd, leek het helemaal niet gemakkelijk om vrienden te maken. De mensen leken volslagen vreemden voor elkaar en ze wekten ook niet de indruk daar verandering in te willen brengen. Slechts weinigen namen de moeite elkaar te groeten of op die gedragen wijze van hen een praatje te maken; de meesten liepen gewoon door en veinsden op te gaan in de massa terwijl het helemaal niet druk was op straat. 's Avonds leek Mekka ineens Mekka niet meer. Het leek te zijn veranderd in een totaal andere plek. Wat was het geval? De meeste mensen kwamen pas tevoorschijn op het moment dat de zon onderging, omdat het dan niet zo verstikkend warm was. Ze spreidden hun handelswaar uit en ze ruimden pas op als ze gingen slapen. Op pleinen hing de rook van aan het spit gebraden vlees, klonk geroep om thee en wijn, sommigen bevolkten de straten met geen ander doel dan om er te zijn. Ik zag ertegen op om zomaar de straat op te gaan. Hoe moest ik mij gedragen? Hoe moest ik lopen, kijken en wat moest ik tegen iemand zeggen als ik de weg niet wist?

Ik had tijd nodig om te wennen. Dat deed ik door zoveel mogelijk te proberen mijn oude leventje uit Yathrib voort te zetten, ondanks het feit dat ik in Mekka geen mestvaalt tot mijn beschikking had om in te springen, en dat het er heel veel warmer was.

Ik ging naar school, wat nieuw was voor mij, en leerde lezen, schrijven en rekenen. Nu ja, rekenen? Mekka is geen Antiochië. Je vindt hier geen academie of internaat, waar zonen van stedenkoningen worden opgevoed tot diplomaat of generaal. Onze leraar schonk weinig aandacht aan iets anders dan optellen en vermenigvuldigen, als het op rekenen aankwam. Al te vaak werden de lessen verstoord door zich vreselijk misdragende scholieren. Wanneer ze door de leraar met de stok werden terechtgewezen, volhardden ze juist in hun weigering om te leren. De leraar raakte ontmoedigd en stuurde iedereen, ook zij die welwillend waren, naar huis. Er bleef geen andere mogelijkheid over om dan jezelf maar te vermaken. Ik nam plaats op het dak van ons huis. Daar was ik vaak te vinden. Vanaf daar kon ik ongezien de buurt bespieden. Bij iedere ademhaling voelde ik de benauwdheid op mijn longen drukken, de hitte van de zon verschroeide zowat de haren van mijn kop.

Zo kon het gebeuren dat ik op een van die 'vrije' dagen getuige was van een gevecht bij ons in de straat.

Een lange, magere jongen was bezig om in zijn eentje een hele groep andere jongens van zich af te slaan. Hij maaide woedend met zijn vuisten in de lucht en slaakte op hoge toon vreselijke verwensingen. Bij de armen-oven stonden mensen afkeurend te roepen zonder dat ze hem te hulp schoten. Er school iets in het gebeuren wat mij rechtstreeks in het hart trof. Tranen sprongen me in de ogen, eerlijk waar. Zonder nadenken rende ik de trap af, de straat op. Ik deelde een kopstoot uit, beet iemand een stuk nek af, een ander krabde ik met een klauw van jewelste de huid van het gezicht en nog een ander gaf ik zo'n harde trap tegen zijn kont dat zijn adem dagenlang naar de pek moet hebben geroken die ik van mijn oom op mijn schoeisel moest smeren. Zo dropen ze één voor één af.

Plots drong een meisjesstem tot mij door: 'Wat doe jij nou? Heb ik je soms om hulp gevraagd?'

Buiten adem keek ik de dunne, stokachtige jongen aan. Niet alleen had hij een hoge meisjesachtige stem, ook zijn gezicht vertoonde duidelijk de trekken van een meisje, wat ik niet kon rijmen met zijn vervaarlijke hoofd, dat kaal was en onder de littekens zat.

'Ik deed het niet om jou te helpen,' zei ik.

'O nee, waarom deed je het dan?'

'Ik weet niet, ik deed het gewoon.'

'Beloof me dat je dat nooit meer doet, behalve als ik het vraag.'

'Hoe kom je aan die littekens?'

'Beloof het dan!' zei ze dwingend.

'Ik beloof het. Hoe kom je aan die littekens?'

'Iedereen heeft littekens.'

'Ik niet.'

'Dan ben je een flikker. Ik ben Hafsa.'

Een meisjesnaam! Ik probeerde niets van mijn verbazing te laten merken.

'Wie waren die jongens eigenlijk?' vroeg ik.

'Hoe moet ik dat weten?'

'Waarom had je dan ruzie met hen?'

'Waarom wil je dat weten? Denk je soms dat het mijn schuld is of zo? Ik ben maar een meisje, hoor. Kom!' zei ze toen. 'Je mag me trakteren op gestremde melk, daar heb ik zin in.'

12

In Yathrib had ik misschien een besloten leven geleid, maar daarbinnen was ik koning te rijk en mocht ik zolang mijn moeder weg was bijna alles. In Mekka was ik veel afhankelijker van de wil en de wenk van mijn oom Moetalieb. Zo uitgelaten als mijn leven daarbuiten met Hafsa was, zo ingetogen was het bij mijn oom. Hoewel ik vrij was om te gaan en te staan waar ik wilde, voelde ik mij toch geknecht. Het liefst wilde ik helemaal vrij zijn zoals die ene kamelin waar hij zo vol bewondering over had gesproken, niet onderdanig als een knecht die blij wordt van het plezieren van zijn meester. Waarom werd mij dan toch onthouden wat een kamelin wél toegestaan werd?

'Oom Moetalieb, waarom zegt u eigenlijk tegen de mensen dat ik uw knechtje ben? Dat ben ik helemaal niet.' Het kwam er ineens uit, omdat de gelegenheid ernaar was. Het was de eerste keer dat zich zo'n gelegenheid voordeed. We zaten op het dakterras, waar het 's avonds lekkerder toeven was dan binnen. Tante had grote zachte kussens voor ons op de vloer gelegd en een grote schaal met thee en zoetigheid, waardoor we er als vorsten bij zaten.

Het werd stil. Oom Moetalieb stopte met het kauwen van een dadel, pakte me bij mijn kin en zei met doordringende ogen: 'Je bent niet meer in Yathrib, denk erom.' Hij zei het niet streng, maar wel op zo'n manier dat er geen misverstand over kon bestaan wie het laatste woord had.

Ik sloeg zijn hand weg en huilde: 'Ik ga echt niet het stof van uw voeten likken als u dat denkt!'

'Soms is het beter om dingen niet te weten,' volstond hij, en hij greep naar zijn beker thee en nam een slok.

Ik kon het niet uitstaan dat hij zo deed. Waarom mochten de Mekkanen niet gewoon weten wie ik was? Ik kwam toch niet naar Mekka om te dienen, ik was de zoon van Haasjim! Ik wilde me niet schamen, maar mijn naam vol trots kunnen dragen. Toen slingerde ik hem toe dat ik toch alles al wist. Ik had hem en oom Naufal eens horen ruziën in het voorportaal. Ze hadden niet doorgehad dat ik weer eens vrij was. Oom Naufal maakte oom Moetalieb verwijten over het feit dat hij me naar Mekka had gehaald, dat hij de zorg op zich nam voor een kind van wie hij niet eens wist of het wel van Haasjim was, dat hij door die 'hoer van Yathrib' was misleid.

'Ik weet allang dat ik een bastaard ben,' zei ik nu tegen hem. 'Ik weet allang dat oom Naufal het niet leuk vindt dat u mij naar Mekka hebt gehaald. Maar u hebt tegen hem gezegd dat hij niet meer boos moest zijn. "Haasjim is je broer en hij is dood," heeft u gezegd.'

'Zo, weet jij dat allemaal?' constateerde hij droog. 'En wat vind jij daar dan van?'

'Ik vind het niet eerlijk dat oom Naufal boos is op mij. Ik was nog niet eens geboren toen!'

'Ik zal je wat vertellen over je baba en je oom Naufal,' zei hij terwijl hij een kussen van de ene kant naar de andere verplaatste om op zijn rechterelleboog te kunnen steunen. 'Je oom Naufal keek altijd heel erg op naar Haasjim, weet je dat? Dat deden we allemaal trouwens, trots als we op hem waren. Je vader was voor niets en niemand bang en hij kreeg alles voor elkaar, waardoor hij erg geliefd was. Hij had als jongen van zestien al contacten in Aden en Hira. Hij ontmoette overal open poorten, gewoon omdat hij snel leerde en veel verschillende talen kende. Met zijn durf wist hij de genegenheid van gouverneurs en afgezanten van keizers en koningen te winnen door een kameeltje voor ze te slachten. De beste specerijen en de mooiste stoffen beloofde hij hun. Tegen een afgezant van de keizer van de Byzantijnen heeft hij een keertje gezegd: "Geef mij vrijgeleiden die het mogelijk maken in veiligheid handel te drijven, dan zorg ik ervoor dat u uit China de mooiste zijde krijgt, met de rups er gratis en voor niets bij." Ik ken er die om minder zijn onthoofd, Sjaïba. Maar je vader kwam ermee weg. Je oom Naufal had dat geluk niet. Hij had ook minder talent, minder tact, minder charme, minder van alles eigenlijk. En hij dweepte met je vader. Iedereen moest weten dat Haasjim zijn broer was. Opeens was het afgelopen. Hij werd jaloers, heel erg jaloers, en iemand die jaloers is grijpt alles aan om ruzie te maken. Alles wat Haasjim deed, was ineens verkeerd of verdacht of om te lachen. Je moet dus niet te veel luisteren naar zijn woorden.'

'Nu weet ik nog steeds niet waarom u tegen iedereen zegt dat ik uw knechtje ben,' mokte ik.

'Wat je moet weten, is dat je niet alleen bent.'

'In Yathrib was ik zo vaak alleen.'

'Ik ben jouw beschermer.'

'U bent ook vaak alleen. Krijgt u soms bescherming van uw kamelen?'

'Mijn kamelen zijn mijn allermooiste, dierbaarste bezit, Sjaïba. Eens zullen ze van jou zijn. Ook het stuk grond waar ik ze laat weiden, zal van jou zijn. Maar beschermen doen ze niet, nee. Dat doen de Koraisj. Als mij wat overkomt, dan zullen de stamgenoten het voor me opnemen en ervoor zorgen dat er gerechtigheid geschiedt. Iedereen krijgt waar hij recht op heeft. Dat zijn onze *moeroewa*, onze mores.'

13

Wat ben ik meer dan de zoon van een zoon van een zoon, die de zoon was van deze, die weer de zoon was van die? Ja, velen zijn mij voorgegaan en geen mens kan mij losmaken van hen, mijn familie, mijn stam. Hoewel ik geen erfgenaam ben van de dromen van mijn vader, ben ik er trots op me zijn zoon te kunnen noemen.

Er was niets wat hem beter afging dan onderweg te zijn, mensen te ontmoeten en handel met ze te drijven. Kruiden, ivoor, parels – in alles handelde hij. Haasjim, zoon van Manaaf en een kleinzoon van Koesay, was voor zaken in Gaza en onwetend over de abominabele toestand waarin zijn land verkeerde. Toen hij eenmaal van de rampspoed hoorde, laadde hij karavanen vol met brood en koeken en haastte zich huiswaarts. Daar beval hij meteen het brood en de koeken te verkruimelen en de mensen te eten te geven. Zo redde hij Mekka van een gewisse ondergang en vanaf dat moment noemde men hem 'de verkruimelaar'. Ik moest nog geboren worden en heb het allemaal van horen zeggen. Mensen vertellen dit soort verhalen graag en vaak, allemaal weten ze het beste hoe het gegaan is.

Zij die lezen en schrijven kunnen, getuigen echter dat er niets van waar is. Ze zeggen dat de afstand tussen Gaza en Mekka veel te groot en uitgestrekt is en dat het een karavaan maanden kost om van de ene naar de andere plek te reizen. Dan zijn er de vanuit de Grote Woestijn afkomstige zandstormen, ze doemen op in absolute stilte en uit het absolute niets, hoger dan het hoogste fort.

De ijzeren wet van de woestijn: wie haast heeft, sterft snel.

Er is evenwel geen dwang in de overlevering van al dan niet historische gebeurtenissen. Zoals de ene waarheid de andere niet uitsluit, zo is een verhaal niet minder waar wanneer het gedeeltelijk of zelfs helemaal verzonnen is.

Haasjim had zoals de meeste Mekkaanse edelen en rijke kooplui een zwak voor de schoonheid van de Yathribijnse vrouwen. Na gedane zaken ging hij geregeld ergens uit de zon zitten om zich aan hun verleidelijke vormen te verlustigen. Maar een keer bleef zijn blik gevangen. Hij was nog bezig goederen af te laden op de marktplaats, toen hij de vrouw zag die vanaf een verhoging krachtig en onbevreesd een menigte toesprak. Uit haar gebaren straalde een energie die het moeilijk maakte om niet naar haar te blijven kijken. Hij vroeg aan de menigte wie zij was. Ze heette Salma en was een dochter van Amr uit de Nazaarstam, en nee, ze had geen man. Salma had namelijk de naam een man te verlaten zodra ze genoeg van hem had. Ze wenste alleen

een man te huwen die het aanvaarden zou dat zij de meerdere over hem was. Een vrouw die met vuur speelt, begreep Haasjim direct, want geen enkele man aanvaardt een vrouw die de meerdere is over hem. Deze eigenaardigheid fascineerde hem mateloos. Het was die krachtige, zelfbewuste houding van haar die maakte dat vele begerige heren als hemellichamen om haar heen cirkelden, en zij die het stralende middelpunt vormde, hield hen toch op een afstand zonder ze af te stoten. Een mysterie! Haasjim werd week, de ernstige blik in zijn zongelooide gelaat werd zacht. Nog dezelfde dag liet hij zijn vlassige baard van een tiental dagreizen oud afscheren en gekleed in zijn mooiste kleren, zijn mooiste sandalen, het lange haar geurend naar reukwater en met ruim voldoende geldstukken in de buidel vroeg hij Salma een huwelijk met hem te overwegen.

Salma keurde hem zogenaamd geen blik waardig en zei: 'Wacht 's even, meneer de Mekkaan! Stoort het je dan niet dat ik jaren ouder ben dan jij?'

'Waarom zou het storen, geachte Salma? Verschillen zijn er om ontstegen te worden, nietwaar?'

Ze lachte en slaakte een parmantige kreet, uitdagend zei ze: 'Het is een typisch gebrek van edele heren om te talen naar de hand van een mooie vrouw en haar hart te negeren.'

Laat niemand denken dat Haasjim de aftocht blies. Waar sommigen het hierbij zouden laten, bijvoorbeeld omdat ze er een niet mis te verstane afwijzing in veronderstellen, of omdat ze liever de droom levend willen houden dat ze nog een kans maken, verstond hij iets heel anders. Hij zag het als een uitnodiging tot spelen, als een uitdaging tot verfijnd duelleren. En hij zou meespelen ook. Hij zou het meespelen ter meerdere eer en glorie van het mysterie dat Salma heette. Hij wilde haar doen inzien dat het wel degelijk zijn bedoeling was om haar hart te kennen en niet, zoals zij stoutmoedig had gesteld, om dat te negeren. Zo verbleef hij maandenlang in de oasestad Yathrib, maakte eten voor haar klaar, waste haar kleren, verwende haar zoals ze graag verwend wilde worden – met sieraden, waaiers en kleurrijke gewaden. Ook legde hij aan weerszijden van de opgang naar de voordeur een tuin aan, waarin hij rozen en druiven kweekte en waarin hij een witte moerbeiboom plantte die hij helemaal uit Samarkand had laten halen om zijderupsen te kunnen houden. Ongenaakbaar als een vogel in de lucht, zich heel wel bewust van het voetstuk waarop de mannen haar tilden, wees Salma hem toch keer op keer af, attentie na attentie, aanzoek na aanzoek, en tegelijkertijd hield ze hem tergend dicht bij zich.

Ongeluk beviel Haasjim toen hij weer in Gaza verbleef. Daar stierf hij, door ziekte geveld, na een kort ziekbed, vijfentwintig jaar oud. De overleveringen spreken van een pestepidemie, een straf die de goden zenden over wie zij maar willen. In Syrië ligt hij thans begraven, te Gaza, waar de mediterrane wind over de aarde blaast.

De bezwaren van sommige geleerden zijn legio. Ik

heb kennis genomen van het eindeloze gepalaver dat zij bezigen en wat mij erin opvalt is de hoeveelheid geest-dodende, want al te vleselijke details, die de ziel hele-maal niet voeden. Waarom is hun alternatieve – quasi-geleerde – vertelling toch zo doortrokken van profane gedachten? Zo zou Haasjim, die bijkans alle talen en tongen van de wereld beheerste en overal open poorten ontmoette waar anderen slechts gesloten forten zagen, in hun versie de tedere woorden om zich aan een vrouw uit te drukken niet hebben kunnen vinden. Op vorsten mocht hij een magische invloed hebben, bij het andere geslacht speelde hij hoegenaamd niets klaar en al hele-maal niet bij een zelfbewuste, welingelichte vrouw als Salma, die van de liefde immers haar werk en haar leven had gemaakt. Zij was een bedreven minnares die graag mocht verkeren in de voornaamste kringen, een courti-sane die edele mannen inwijdde in de geheimen van het minnespel. Wanneer Haasjim verlegen terugdeinsde door de zichtbare begeerte die hij voor haar opvatte, spreidde zij uitnodigend haar benen en bedwelmde hem. Doodgaan deed hij ten slotte niet ten gevolge van de pest, maar door een infectie die hij bij haar in Yathrib zou hebben opgelopen. Et cetera, et cetera. Zoals ik al zei: eindeloos gepalaver vol profane gedachten. Het geeft te denken dat sommigen, die zeggen doorgeleerd te hebben, in ieder menselijk handelen louter vleselijke drijfveren zien. Ik reken mij niet tot het slag mensen dat denkt dat we door de zucht naar kennis onze onschuld verliezen, maar ik behoor ook zeker niet tot degenen die het allemaal al denken te weten. Het is een geordende wereld die zij zichzelf scheppen, dat wel. Waarheid wordt echter niet in het hoofd geboren, maar ontspruit uit een zaadje van groot verlangen, lonkend vanuit de verborgen grond van de ziel. Zij moet getroost en gecultiveerd worden om van kracht te zijn in de wereld. Zij is veranderlijk en dient al naar gelang de mens en de omstandigheid te worden aangepast. Mensen zijn gecompliceerde, wonderlijke wezens.

In het jaar 58 voor de Olifant, hetzelfde jaar waarin mijn 'miraculeuze' neef overleed door toedoen van een haan, beviel Salma van een kind, haar enige: Sjaïba, de zoon van Haasjim. Dat kind was ik en mijn moeder noemde mij Sjaïba omdat ik werd geboren met een zuiver witte lok haar op het hoofd die niet wegging.

14

De beste bescherming kwam niet van de stam.

De Ka'ba was niet veel groter dan het huis van een rijke koopman, maar op de een of andere manier toch heel aangrijpend. De mensen liepen er rondjes omheen en huilden luid en opzichtig alsof ze er geen misverstand over wilden laten bestaan dat ze door iets gegrepen waren, anderen maakten juist een blije indruk alsof ze van een zware last bevrijd waren. Eigenlijk was het niet de bedoeling dat je veel gerucht maakte. Het ging erom dat je in een bijzondere geestestoestand kwam, die je het inzicht gaf een even nietig als wonderbaarlijk onderdeel te zijn in de werking van de eeuwigheid. Nu ja, ik was nog veel te jong om te bevatten wat het betekende, alleen dat het allemaal te maken had met een geheimzinnige Zwarte Steen.

'Ik vind het raar dat iedereen de hele tijd van die rondjes loopt.' Ik ging opzij voor een draagstoel waarin een goedverzorgde vrouw in haastige looppas om de Ka'ba werd gedragen door een tweetal slaven.

'Dat is niet raar,' zei oom Moetalieb.

'Maar het gebouw is vierkant!' Ik keek de vrouw in de

draagstoel na om me ervan te vergewissen dat het niet mijn moeder was.

'Die rondjes noemen we *tawwaaf*. Zo doen we de maan en de sterren na.'

'De maan en de sterren draaien ook?' Ik keek omhoog naar de sterrenhemel. Ik had er nooit bij stilgestaan dat alles wat daarboven was, draaide.

'Dat doen ze al heel lang en dat zullen ze nog heel lang blijven doen. Alles wat rond is, heeft geen einde, weet je dat? Er is geen klein- of grootheid, geen heer boven heer. Er is ook geen ruzie in de dingen die rond zijn.'

'Maar er draait helemaal niks, oom. De sterren staan gewoon stil en de maan blijft zitten waar hij zit, dat kan iedereen zien.'

'Kijk goed en je zult zien dat ze wél draaien.'

'Maar waarom is de Ka'ba dan niet óók rond?'

'Dat heeft onze grote voorvader Koesay gedaan. Hij wist dat mensen niet kunnen samenleven als er geen wetten zijn. Dat zijn regels die we allemaal gehoorzamen. Daarom heeft hij de tempel vierkant gemaakt, snap je?'

'Wat heeft een vierkant met regels te maken?'

'Iets wat vierkant is, is onverzettelijk. Wetten zijn ook zo. We kunnen ze niet even snel veranderen wanneer het uitkomt. Wil je misschien zien hoe de tempel er vanbinnen uitziet?' stelde hij toen voor.

'Mag dat?'

'Wij wel.'

Ik had gehoord dat zelfs grote mensen het eng vonden om naar binnen te gaan. Eenmaal binnen, begreep ik waarom. Er voer iets ijzingwekkends door mij heen toen ik oog in oog stond met de honderden en nog eens honderden beelden die daar stonden opgesteld. De ruimte scheen mij toe als een geheime grot waar ik niks te zoeken had. Brandende fakkels aan de muren wierpen onheilspellende schaduwen op een reusachtig en schrikaanjagend beeld te midden van alle andere beelden. Dat was Hoebal, de god der goden, ónze stamgod. In zijn hand hield hij een scepter en op de scepter rustte een maansikkel. Ik zag beelden met afzichtelijke gezichten, demonische kaken, voorwereldlijke vleugels en klauwen. Ik herkende ook Oezza, de godin van mijn moeder, gezeten op een troon van drie acacia's en omgeven door allerlei slangachtige tekens. De schrik sloeg me om het hart en instinctief deinsde ik achteruit.

'Het spookt hier!' zei ik.

'Nee, hier zijn geen spoken,' verzekerde oom, 'hier wonen onze goden.' Hij ging achter mij staan, pakte mijn schouders vast. 'Iedereen die met moeilijke vragen zit, kan bij hen terecht.'

Ik vermande me. Toen wees ik naar een beeld in de hoek links van de ingang. Het had dezelfde vorm als de sikkel op de scepter van Hoebal, meer niet; hij leek weggestopt onder de tafel met wierookhars.

'Dat is Al-Llaah,' zei oom, 'en ik zal je vertellen waarom we hem uit het zicht proberen te houden. Al-Llaah is de god van de haniefen. Dat zijn slechte mensen. Ze beledigen alleen maar. Ze beledigen onze goden, terwijl het de droom was van onze grote Koesay om een stad te stichten waarin we allemaal vrij zijn om te vereren wie en wat we willen. Dat had hij van Soelimaan. Je weet wie Soelimaan was?'

'Ja,' zei ik, 'die koning die met de dieren kon praten.'

'De wijste koning van allemaal! Hij had een heleboel vrouwen, omdat hij zo geliefd en machtig was. Om al zijn vrouwen tegemoet te komen in hun godsdienst, liet hij voor iedereen een aparte tempel bouwen, zo deed hij dat. Honderden verschillende tempels liet hij bouwen, zoals wij één Huis hebben voor honderden goden. Maar weet je wat het is met die haniefen? Ze willen het verschil tussen wat van jou en wat van mij is kapotmaken en alleen hun eigen god bewaren, zodat ze kunnen zeggen: "Onze god is beter en sterker dan die van jou."'

'Wonen er veel haniefen in Mekka?'

'Dat is moeilijk te zeggen. Ze zijn eigenlijk net als wij, alleen hebben ze zich van ons afgekeerd.'

'Hebben ze kinderen?'

'Ik sluit het niet uit.'

'Wat als ik met een van hen vrienden word zonder dat ik weet dat hij een hanief is?' Ik stelde de vraag niet om te laten zien hoe moreel bij de pinken ik was, maar omdat ik uit eigen ervaring wist wat het betekende om buitengesloten te worden. Toen ik nog in Yathrib woonde, hadden de kinderen daar hun neus voor mij opgehaald. Al waren het nog zulke erbarmelijke sloebers, ze voelden zich te goed voor mij en ik mocht nooit deelnemen aan hun spelletjes. Het leek mij van hetzelfde onrecht getuigen als ik een kind van een hanief zou uitsluiten puur en alleen omdat zijn ouders haniefen waren.

Oom Moetalieb stelde me gerust: 'Je mag vrienden worden met wie je wilt, Sjaïba. Dat is nu wat Soelimaan en Koesay ons hebben geleerd. We moeten ruimhartig zijn tegenover anderen, ook al zijn de anderen dat niet tegenover ons.'

Ik was onder de indruk. Ik kende oom Moetalieb als een ingekeerde, afgesloten man die alleen onder de mensen kwam om zaken te doen of om aan zijn gods-dienstige plichten te voldoen, die zich liever met zijn kamelen afzonderde dan zich te mengen in de handels-politieke aangelegenheden van zijn stam. Voor het eerst had hij me een blik in zijn hart gegund. Nu begreep ik waarom hij en niet iemand anders de leider van Mekka was. Hij was niet alleen verstandig en wijs, maar ook als geen ander begaan met de nagedachtenis van de voor-ouders; het was zijn plicht om deze te bewaren voor de generaties na ons. In een tijd waarin allerlei mensen ver-andering zochten en nieuwerwetse ideeën omarmden, probeerde hij juist de moeroewa van honderden jaren oud in stand te houden, opdat er in de harten van de mensen geen twijfel zou bestaan over wie zij waren. Daarnaast was ik minstens zo geïmponeerd door de ge-weldige hoeveelheid goden die ons daar in de Ka'ba om-ringden. Zoiets had ik nog nooit gezien. Boven al die honderden goden troonde Hoebal, de goddelijke heer en gebieder die de andere goden leidde zoals oom Moe-talieb de stammen van Mekka leidde. Het stemde me trots een zoon van Mekka te zijn. Het kon niet anders of een plek die door zo veel goden werd beschermd, moest wel onverzettelijk zijn. Geen denkend wezen zou het in zijn hoofd halen om deze heilige plek kwaad te doen. Ik kon absoluut niet vermoeden wat de gevolgen voor onze stam zouden zijn als we ons niet meer door de goden beschermd wisten.

15

Gestremde melk drinken en een beetje rondhangen in de bazaars met Hafsa – veel meer viel er overdag niet te doen, ontdekte ik algauw. Begeesterd door de verhalen-vertellers, bij wie we 's avonds aanschoven om te luiste-ren naar hun levendige verhalen, vertelde Hafsa me over de gesel die haar van haar land verjaagd had. Ze was met haar familie uit Adhana gevlucht vanwege een ramp die daar had plaatsgehad. Adhana lag ook in een vallei, net als Mekka, maar dan in Yemen. 'Op een dag viel het dak van de wereld naar beneden,' zei ze, 'de lucht werd zwart en alles draaide. Er was water, heel veel water, en er was storm! Je moet me geloven als ik dat zeg, ik lieg niet. Tjonge! Er was zo veel water dat geen boom of huis overeind bleef! Ik heb gezien hoe dieren werden weggevoerd, hoe kamelen moesten zwemmen als vissen, mensen opgetild en heel ergens anders neer werden gesmeten. Ik heb het met mijn eigen ogen ge-zien, Sjaïba, ik zweer het je! En ik zie het nog steeds ge-beuren als ik eraan denk. Het gat was onze redding!'

'Welk gat?'

'O, Sjaïba, zonder het gat hadden jij en ik elkaar nooit

ontmoet. Het was een soort grot. In de heuvels. En raad eens wie dat gat gevonden heeft?' Ze glunderde, sloeg zich als een man op de borst. 'Op een dag was ik daar in de buurt aan het zoeken naar wilde spinazie. Meestal deed ik dat met mijn moeder, maar die was er toen niet bij. Ik zocht op plekken waarvan zij vond dat het te gevaarlijk was. En zo stuitte ik op dat gat. Ik ging er vaak heen als ik boos of verdrietig was, of als ik alleen wilde zijn. Maar op die laatste dag kwam hij pas echt goed van pas. Ik kon er namelijk met mijn familie schuilen tot alles voorbij was. Het is allemaal de schuld van Filmoen, weet je dat?'

'Wie is Filmoen?' wilde ik dolgraag weten.

'Je weet toch wie Filmoen is?'

Ik dacht hard na of ik een Filmoen kende.

'Ken je Filmoen niet?'

'Nee,' zei ik, 'ik ken echt geen Filmoen.'

'Hij bouwt huizen. Maar als hij boos is, dan maakt hij ze kapot. En niet alleen de huizen, alles maakt hij kapot. Dat is wat hij ook bij ons deed toen hij zag dat wij een boom versierden met allemaal kleurige sjaaltjes, wat we altijd deden als het feest was. Hij werd boos en riep toen zijn godsdienst aan.'

Mensen leven lang genoeg om leugens de wereld in te helpen, maar we leven te kort om ze er weer uit te helpen, denk ik wel eens.

Filmoen was volgens de verhalen een christenmetselaar die door Yemen trok om zijn godsdienst te verspreiden. Hij had de gave wonderen te verrichten, wat hij uit vrees om door de mensen te worden ontdekt slechts zeer spaarzaam deed. Zodra zijn gaven werden ontdekt, verplaatste hij zich vlug en ongezien naar een andere plek. De waarheid is dat hij nooit een vlieg kwaad heeft gedaan. Sterker nog, het is zeer de vraag of Filmoen werkelijk ooit geleefd heeft. De watersnoodramp die Hafsa en haar gezin, en nog velen met hen, had doen vluchten naar Mekka en naar andere plekken, kon dus ook niets met hem te maken hebben. Vast staat wel dat zijn ongrijpbare, mythische bestaan een bron is voor leugenaars om kwalijke propaganda over de christenen van Yemen te kunnen verspreiden.

16

In de jachtmaand, de maand Sjawaal, de enige maand van het jaar dat ik in het geheel niet naar school hoefde omdat onze leraar een liefhebber was van de jacht, trokken Hafsa en ik zelf ook geregeld de heuvels in om te jagen. Hafsa was er erg goed in en ik begreep al snel dat het voor haar geen plezierige aangelegenheid hoefde te zijn. Waar ik drie vogelvallen had en daarmee meer dan tevreden was, had zij er binnen een mum van tijd al dertien. Ze pakte ze gewoon af van de andere jongens. Dan ging ze voor zo'n jongen staan en zei: 'Die is van mij. Hoe kom je eraan?' Of iets van gelijke strekking. Het maakte volgens mij niet eens zozeer uit wat ze zei, maar het ging meer om de manier waarop. Ze kon zo dwingend kijken dat sommige jongens zonder slag of stoot toegaven. Daar kwam nogal eens gedonder van, natuurlijk, omdat de meeste jongens zich echt niet zo snel lieten intimideren, helemaal niet wanneer ze zich realiseerden dat ze met een meisje te maken hadden. Maar voor Hafsa hoorde het er allemaal bij; ze geneerde zich geen moment voor haar roversmentaliteit, die ze met een gepantserde minachting rechtvaardigde. 'Die prutsers kunnen niet jagen,' zei ze dan. Al had ik van haar geleerd hoe je wél moest jagen – je moest een val namelijk zo zetten dat hij onzichtbaar was voor het oog, iets wat 'die prutsers' kennelijk niet wisten –, ik vond het verkeerd wat zij deed; maar omdat ik enorme bewondering had voor de overtuiging en overgave die zij aan de dag legde, zweeg ik. Omhangen met wevers, vinken, kwartels, patrijzen, een enkele keer zelfs een schaap, keerden we tegen het vallen van de avond weer huiswaarts, terwijl ze grote verhalen aan me vertelde.

Hafsa kende de herdersroutes en groef gaten in de weg die groot genoeg waren om er een schaap in te laten passen. Zo 'ving' zij schapen. De buit viel om verschillende redenen altijd tegen, maar één keer lukte het zowaar. De eigenaar moest intussen al hebben vermoed dat hij een schaap miste en was ernaar op zoek gegaan, precies op het moment dat Hafsa en ik bezig waren om het betreffende dier uit zijn val te bevrijden.

'Dat schaap is van mij,' zei de herder, een groot gebouwde heer met een vuistdikke wandelstok.

Hafsa, die vliegensvlug een grote steen opraapte en hem in haar rechterhand hield, zei: 'Niks ervan, ik heb hem gevonden!'

De herder kwam dreigend op ons af.

'Ik zweer dat je geen dier meer overhoudt als je nog één stap dichterbij zet,' dreigde Hafsa op haar beurt.

Nee, niet weer een gevecht, wenste ik.

De man hield halt en nam ons van top tot teen op. Hij gromde, haalde diep adem en moest plots vreselijk hoesten. Ik wist niet goed wat ik met de situatie aan moest. Hij bleef maar hoesten. Hafsa veranderde subtiel van standbeen om zich schrap te zetten, erop bedacht dat het een afleidingstactiek was.

Eindelijk hield het hoesten op.

Zijn woede verbijtend, zei hij tegen Hafsa: 'Jij bent zeker een van die kampbewoners? Jullie komen hier en denken dat je alles kunt maken. De dag dat jullie uitsterven, zal een heuglijke zijn!' Hij wierp Hafsa nog een hatelijke blik toe voordat hij rechtsomkeert maakte en met grote stappen het pad af beende.

Hafsa keek mij niet aan toen ze zei: 'Die vent heeft honderd stuks vee of meer en wij nul. Niemand kan me wijsmaken dat dat eerlijk is.'

Ik zweeg.

'Zwijg maar. Maar al hou je je kaken nog zo stijf op elkaar, ik zie heus wel wat je vindt, wat je écht vindt.'

'Hoe bedoel je?'

'Je schaamt je voor mij.'

Ik zweeg weer en moest denken aan wat die herder had gezegd. Wat bedoelde hij eigenlijk toen hij Hafsa een kampbewoner noemde?

'Woon jij in een kamp?' vroeg ik.

'Ik woon waar ik woon,' snauwde ze. Toen haalde ze een mes tevoorschijn, zette resoluut een voet op de zijkant van de nek van het schaap en met een enkele haal doorsneed ze zijn slagaders, zijn luchtpijp en slokdarm. Het ging zo snel, ik wist niet wat ik zag. Strak staarde ik naar het bloed dat in een vloeiende stroom naar buiten gutste en in de grond verdween. Hafsa keek mij aan en zag het gruwen van mijn hart. Ik hoefde niet in haar ogen te kijken om te voelen wat een minachting zij had voor een zwakkeling zoals ik.

17

Het is mijn overtuiging dat alles een eigen schoonheid bezit. Ware het niet dat iedere genieting zeer vluchtig en onbeduidend is wanneer zij door eenzaamheid teniet wordt gedaan. Als er iets is wat ik van mijn jeugdige jaren heb geleerd, is het dat betekenis niet in onszelf ligt maar in de relatie die we met de wereld hebben. De weg die ik heb afgelegd om tot zo'n inzicht te komen, is er niettemin een van verlies en eenzaamheid – en een van schade en schande.

Alles wat ik in Hafsa's aanwezigheid deed, deed ik eigenlijk voor haar. Ik sloofde mij voor háár uit omdat ik háár bewondering wilde, omdat ik wilde dat ze mij zag zoals ik haar zag. Het zou allemaal anders zijn gegaan als ik wist dat zij evengoed naar míjn bewondering dorstte.

Er was geen berg, plein of taverne die we niet durfden te betreden, Hafsa en ik. We waren elkaars beste vrienden en de eerlijkheid gebiedt te zeggen dat we ook elkaars enige vrienden waren. Afgezien van het feit dat Hafsa geen onderricht kreeg zoals ik, omdat zij een meisje was en van een arme familie, waren we onafscheidelijk.

We bezochten samen de kamelenraces bij Moezdali-fa, wat een flink stuk lopen bij Mekka vandaan lag, om te zien hoe de kamelen van oom Moetalieb het deden. Te midden van de renbaan was een heuvel. Hafsa en ik, die een plek zochten waar het zicht niet voortdurend belemmerd werd door jubelende of met vuisten zwaai-ende, teleurgestelde toeschouwers, gingen dan op de heuvel staan zodat we niets hoefden te missen. Stonden we beneden aan de voet van de heuvel, dan kwamen de dieren als jachtige schimmen voorbijgevlogen, wat een geweldige sensatie was. Niets weerhield de kamelen er-van om te vliegen, leek het wel, behalve de teugel in de geklemde vuist van de ruiter, die met rauwe kreten en gepor in de flanken aanzette tot nog meer snelheid. Hoeven kletterden neer als hagelstenen, stof stoof op in wolken. Waren ze voorbij, dan renden we weer naar bo-ven om vandaar de rijders aan te moedigen. Zulke da-gen vergeet je niet.

Hafsa twijfelde er niet aan of mijn oom had de snelste dieren van allemaal. Wat mij trots als een pauw stemde, want ik wist dat ze eens van mij zouden zijn. En wat van mij was, was ook van Hafsa. Niet alleen gaf het mij iets om over op te scheppen, maar ook iets waarmee ik onze vriendschap zocht veilig te stellen. Diep vanbinnen wist ik dat vriendschap een kwetsbare droom was. Hafsa had stoere verhalen, ik had kamelen in het verschiet. Ik besefte niet ten volle dat ik vele malen meer bevoor-recht was dan zij, louter door omstandigheden die al waren voorbeschikt. Ik was een zoon van een rijke, machtige stam die zich beschermd wist door de machtigste god van Mekka; zij was een dochter van een arme, onaanzienlijke familie die nergens in geloofde. Waar ik vlak bij de Ka'ba in een huis met ruime vertrekken woonde, verbleef zij met haar familie in een tentenkamp helemaal aan de rand van de stad waar je nog niet dood gevonden wilde worden. Het met een muur afgebakende terrein was Mekka's grootste wijk, maar voor de welgestelde Mekkanen bestond hij niet eens. Waarom niet? Omdat hij omgeven was met zo veel schande dat het onmogelijk leek erover te spreken. Ook Hafsa hield de lippen stijf op elkaar als ik ernaar vroeg, noch stond ze mij toe dat ik haar familie ontmoette.

Nieuwsgierig geworden door al dat geheimzinnige gedoe, ben ik een keertje alleen gegaan. O, wat zich daar aan mijn oog openbaarde! Ik zag naakte, verminkte lijven ineengedoken bijeenzitten. Ik zag kinderen (jongens vooral) zonder benen op eeltige ellebogen door het stof kruipen, huilend om een moeder die er niet meer was. Ik zag grote mannen die elkaar sloegen en mishandelden waar je bij stond en die huilden terwijl ze dat deden. Hoe konden mensen zo leven? Hadden ze er zelf voor gekozen? Dat moest wel, want er was niemand die hen ervan weerhield om ergens anders te gaan wonen. Het hoorde er gewoon allemaal bij, Mekka zou niet heilig zijn wanneer zo'n kamp er niet was. Mijn achting voor Hafsa steeg en het kwam niet in mij op om te denken dat ze daar misschien helemaal niet zo gelukkig was.

18

'Wil je met me trouwen?' Hafsa keek me niet aan, maar keek verlegen naar de wilde klaproos die ze voor zichzelf had geplukt en waarvan ze de kelkblaadjes één voor één afbrak, waarschijnlijk zonder dat ze het doorhad.

Het was in het tweede jaar dat ik in Mekka woonde, jaar 47 voor de Olifant. We zaten aan de oever van een kleine stroom in het Dal van de Oleander. Dat was een rustgevende, beschutte plek waar je de wind in het rietgebladerte kon horen fluisteren. Er deden verhalen de ronde over wellustige stellen die daar hun bastaardkinderen zouden verwekken.

Ik was verbaasd dat Hafsa over trouwen begon. Steekneuzen grapten wel eens over een verbintenis voor het leven, aangezien we altijd samen waren, maar ik had haar nooit op die manier bekeken. Dat was iets van een andere wereld, dacht ik. Wij waren toch helemaal niet met die dingen bezig? Verwarrend! Ik was het niet gewend om Hafsa zo te zien. Ik vermoedde dat het iets te maken had met haar broer. Ze had kort gesproken over een van haar broers die was doodgegaan, en verder was ze al de hele dag stil en aanhankelijk. Het stoere meisje dat iedere jongen de baas was en altijd een grote bek opzette, had plaatsgemaakt voor een angstig en hulpbehoevend wezentje. Maar hoe groot de verwarring ook was, mijn ontroering was groter. En ik voelde iets wat ik nog niet eerder had gevoeld: een vreemde, gelukzalige opwinding en een verlangen naar haar. Ja, ik wilde haar aanraken, haar beschermen en... ik wist niet meer wat ik zeggen moest.

Eindelijk stamelde ik: 'Ik... wil wel. Als jij dat ook wilt. Trouwen en zo.'

Hafsa sjorde haar tuniek tot aan haar middel omhoog en ging op haar buik liggen, met haar billen naar mij toe gekeerd. 'Kom op me liggen,' zei ze.

Op school giechelden we altijd als we het over meisjes hadden, maar nu verstijfde ik. Tegelijkertijd voelde ik een vreemde en ook plezierige opwinding door mijn lichaam gaan. In mijn hoofd barstte een onbeschrijfelijke sensatie los.

'Kom op me liggen,' zei Hafsa weer, 'zo doet iedereen het. Ik heb mijn vader en moeder het ook heel vaak zo zien doen. Je moet gewoon je ding in mijn ding doen.' Heel even raakte ze met haar hand mijn kruis aan en ik voelde dat ik daar hard en stijf werd. Gretig ging ik op haar liggen en wreef mijn ding tegen haar billen aan, die zacht en warm waren. Ik gaf haar kusjes, steeds gaf ik haar kusjes, alles ging vanzelf en ik vond het ongelooflijk fijn. Hafsa vond dat ook, ze kirde als ik haar nek en oren kuste. Het waren liefkozingen, verder gingen we niet. We wisten geen van beiden wat het precies betekende om mijn ding in haar ding te doen. We dachten dat het zo moest en dat vonden we al betoverend genoeg. We gingen volmaakt op in ons argeloze minnespel. Na afloop bleven we nog een tijdje zo liggen. Toen draaide ze zich ineens om, zodat ik naast haar op de grond viel.

'Nu zijn we getrouwd,' lachte ze.

Ik had geen idee wat me overkomen was, maar wist alleen dat ik het heel fijn vond en dat ik Hafsa ontzettend lief en mooi vond en dat ik voor altijd met haar wilde zijn.

De volgende dag gingen Hafsa en ik weer naar de oever, de dag erop ook, én de dag daarop. Geen haar op mijn hoofd die kniesde over mijn nieuwe leven door mezelf te verliezen in een verlangen naar het oude. Bezag ik mijn leven in de vallei, dan scheen het mij niet meer vreemd en intimiderend toe, maar eerder als een mooie droom waarvan ik niet wilde dat hij ooit ophield. Mekka leek zich over mij te ontfermen als een godin.

Na een drietal weken kwam aan de betovering een einde. Ik weet nog goed hoe de bergen baadden in een laaiende gloed van gesmolten zon. We zaten weer bij de kleine stroom in het dal. Nee, we zaten niet, maar lagen naast elkaar en staarden elkaar aan. We konden lang naar elkaar kijken zonder een woord te zeggen. Op dat moment zei ik dat ik het niet leuk vond om te zien dat ze verdrietig was.

'Hoe weet je dat ik verdrietig ben?' Ze ging zitten, terwijl ze met opgetrokken knieën naar het laatste zonlicht staarde.

'Je kijkt verdrietig en je bent al de hele tijd stil.'

'Verdrietig omdat ik stil ben of omdat ik verdrietig kijk?'

'Als je verdrietig bent, dan ben je verdrietig,' zei ik.

Over het geluid van het kabbelende water heen klonk het geschetter van een cicade die vlakbij rondvloog. Ik sloop naar het insect toe en ving hem gemakkelijk door mijn hand er als een koepel overheen te doen. Direct dempte hij zijn lawaai. Ik stak een dun stukje riet in zijn kont en liet hem daarna vliegen.

'Hafsa, kijk!' Ik wilde haar opbeuren.

Omdat het riet net iets te zwaar was voor wat hij gewend was, kon de cicade niet wegvliegen. Iedere keer gooide ik hem op, de lucht in, en onvermijdelijk kwam hij naar beneden in een schuin dalende lijn, precies zoals ik het hebben wilde. Hafsa was niet in de stemming. Toen het spelletje mij begon te vervelen, ontdeed ik het beestje van zijn ballast, waarna hij wegvloog.

Het gekke is dit: tegelijk met het wegvliegen van de cicade, vloog ook Hafsa weg. Ja, echt, zo zat ze daar bij de stroom en zo was ze weg. Toegegeven, in de werkelijkheid van onze wereld vliegen mensen niet weg. Dat gebeurt alleen in dromen. Maar ik zag Hafsa nergens meer. Mijn ogen zochten alle kanten uit en kregen haar niet in het vizier. Ik dacht dat ik gek was geworden.

Ook in de dagen erop zag ik haar niet.

Ik waagde het om voor de tweede keer in het kamp te gaan kijken, om navraag te doen. Het verbaasde mij niet te ontdekken dat niemand van de kampbewoners ooit iets van mijn vriendin gezien of gehoord had. Hoewel ik wist dat ze me met een rancuneus genoegen voorlogen, had ik er geen moeite mee hen op hun woord te geloven. Ik gunde mijn vriendin maar al te graag een andere plek dan die vreselijke armoede van het kamp. Tegelijkertijd was ik woedend op haar, die zonder iets te zeggen uit mijn leven was verdwenen terwijl ik stellig bereid was om voor haar door het vuur te gaan. Maar ik was vooral woedend op mijzelf. Ik was een onnozele hals, een verachtelijke bewonderaar en een stekeblinde aanbidder. Ik leefde in een droomwereld die losstond van wat er werkelijk gebeurde. Aldoor had ik geloofd en nooit had ik Hafsa's ellende onderkend. Wat gaf mij het recht te weten welke geheimen er in haar hart besloten lagen? Wat was ik nu helemaal voor een vriend die de werkelijkheid van zijn enige vriendin niet eens zag? Stellig nam ik mij voor om geen belang te stellen in dromen. Ik zou ontwaken. Voorbij de djinns van schijn en bedrog heersten voortaan louter grillige monsters, die werden voortgedreven door een instinctmatige woede waarmee het lot van de hele wereld bepaald werd.

19

Nog geen jaar na de verdwijning van Hafsa verdween ook Moetalieb, in wie ik een oom, een voogd, een beschermer en een leraar had, voor altijd uit mijn leven. Alsof hij op die willekeurige ochtend, want dat was het, er was echt helemaal niets gedenkwaardigs aan, besloot dat het welletjes was geweest. Ik had hem de dag ervoor nog vergezeld naar Oekaaz in verband met een zadelmarkt die daar was, en vlak na zonsondergang waren we weer terug in Mekka. Vermoeid waren we vroeg gaan slapen. Maar toen ik wakker werd de volgende dag, bleek hij te zijn gestorven.

Er kwamen allerlei mensen langs die hem de laatste eer wilden bewijzen. De ontvangstkamer was afgeladen met zo'n dertig gasten op kussens en dierenvellen, die langs de wanden waren opgesteld. Sommigen kende ik, anderen had ik wel eens gezien, de meesten waren volslagen vreemden. Zij huilden niet, zij lachten niet, zij waren als de beelden in de Ka'ba.

Ze zeiden: 'Het is beter zo. Hij heeft genoeg geleden.'

Geleden? Had hij geleden? Waaraan dan? Dat wist niemand, alleen Hoebal. De zakken graan die hij aan zijn dieren voerde, waren zwaar, maar nooit had hij me opgedragen om te sjouwen of zoiets. In het geval dat een kameel moest worden opgespoord en teruggejaagd, dan aanvaardde hij mijn hulp alleen als ik niets liever wilde. Ik had altijd het gevoel gehad dat ik mezelf aan hem opdrong met mijn aanwezigheid, dat hij mij er eigenlijk liever niet bij wilde, zodat ik het op den duur wel liet om mijn hulp aan te bieden. Had hij geleden, dan had ik er nooit iets van gemerkt, maar niet zelden vond ik het ontluisterend om te zien hoe hij zich in alle eenzaamheid afbeulde.

Een dichter drukte niettemin het verdriet van Mekka uit toen hij sprak: 'Voor wie huilen wil, huil! Beween de dood van uw nobele leider met een vloed aan tranen! Ontspan uw oog en laat ze stromen. Huil om gulheid en om Moetalieb de gulle! Huil om wijsheid en om Moetalieb de wijze! Huil om tederheid en om Moetalieb de tedere!'

Vlak voordat hij werd weggedragen om te worden begraven, boog ik mij omstandig en al te vormelijk over het in een lijkwade gewikkelde lichaam van mijn oom dat daar stijf als een plank op de grond lag uitgestrekt. En wat ik toen voelde! Leegte. Huiveringwekkende leegte. Ik probeerde afscheid te nemen, maar kon het niet. Het boezemde mij angst in om het leven tot in mijn diepste te laten doordringen, en wel in zo'n mate dat het mij beter en gemakkelijker scheen om de zwakheden van het gehele mens-zijn te verachten. Buiten begon de zon onder te gaan en lichtbanen plonsden door de ramen, overstroomden rood en paars tot in elke hoek van de kamer.

20

De oude Smaïlieten (en ook de geboren Mekkanen die zich Smaïlieten waanden) waren zich met de groei van Mekka steeds onveiliger gaan voelen. Hun bevreemding was alsmaar groter geworden en tegelijk daarmee het knagende gevoel iets wezenlijks verloren te zijn. Ze stuurden hun aanvoerders naar de Koraisj om beklag te doen. Het was ten slotte Naufal die hun noden leek te materialiseren. Hoe? Met hout. In tijden waarin de mensen houvast behoeven, volgen ze in de eerste plaats de persoon die een stok in de handen heeft en nooit de man die zegt dat ze het zonder stok ook afkunnen. Via de havens van Sjoeaïba en Aela liet Naufal hout aanvoeren uit de Syrische hooglanden. Zoiets was niet eerder gedaan bij ons. Wij zijn gewend om ons te oriënteren op rotspunten en bergketens als we verre reizen maken, vloeibare wegen boezemen ons angst in. De Mekkaanse timmerlieden voeren wel bij de invoer van alle hout en riepen Naufal uit tot hun beschermheilige. Zodra Moetalieb overleden was, werd hij gekozen tot de nieuwe heer en gebieder van de vallei.

Naufal werd ook mijn nieuwe voogd. Van alle mannen die op de wereld rondliepen, werd uitgerekend hij mijn nieuwe beschermheer. Hij rouwde drie dagen om zijn broer, daarna greep hij me bij de kin en zei met een gezicht dat van de prins geen kwaad wist: 'Wat moet jij met Mekkaanse weidegrond, bastaard?' Ik had mij inmiddels de naam van mijn verstoken oom aangemeten. Zo wilde ik voortaan genoemd worden. Het werd namelijk als ongepast gezien mij nog langer de knecht van te noemen terwijl mijn meester dood was. Er lag geen eer in het dienen van een dode. Het was aan mij geweest om mezelf een nieuwe naam te geven; ik was vrij, hadden ze gezegd. Maar daar dacht oom Naufal dus anders over. Hij vond dat mijn vrijheid de zijne bedreigde en dus eigende hij zich Moetaliebs weidevelden toe, terwijl ze aan mij waren beloofd. Mijn begrip was rijp genoeg om te weten dat de wereld van mijn stam, en die van Naufal in het bijzonder, zo in elkaar stak. Dat hij me mijn verworven rechten wilde afnemen door me publiekelijk tot bastaard te degraderen, om een stuk grond te kunnen bemachtigen, had ik echter nooit verwacht. Niet een van mijn Mekkaanse stamgenoten wilde mij helpen, uit onverschilligheid, eigenbelang en uit vrees dat ze hun nieuwe leider zouden ontrieven. Ach, wat is de wil van een enkeling tegenover die van een hele stam? Slechts drongen ze erop aan om mij bij wijze van schadeloosstelling een drietal kamelen aan te bieden, opdat mijn lust tot het vermeerderen van bezit gewekt zou worden. De kamelen die Naufal me met een zelfgenoegzame grijns aanbood, alsof ik toch maar bofte met zo'n oom als hij, waren meelijwekkende, schurftige dieren die stonden te trillen op hun poten, eerlijk waar. De gezonde exemplaren verkocht Naufal door aan een rijke Egyptenaar. Het grote onrecht zat hem evenwel hierin dat ik de dieren op hetzelfde land moest weiden dat mij nota bene was afgenomen. Ik werd er zo mistroostig van dat de tranen me achter de ogen prikten. Vanuit de beschutte plek die oom Moetalieb mij had geboden, behelsde zijn dood voor mij weinig anders dan een verbanning naar een vijandige, onbarmhartige wereld.

Ik gunde Naufal een roemloze aftocht en droomde van manschappen, veel manschappen, die in drommen Mekka zouden binnentrekken om het recht te laten zegevieren. Mijn moeder was zelden in mijn gedachten, maar in die periode dacht ik weer aan haar. Ik stuurde een bode naar haar en haar broeders, de Nazaar, die nog altijd in Yathrib woonden. Ze kwamen niet, maar stuurden dezelfde bode terug met een intriest bericht. Mijn moeder was dood, al meer dan twee jaar. Een van haar bewonderaars was gaan geloven dat hij het alleenrecht had om met haar te zijn, en had haar gewurgd toen hij vernam dat daar geen sprake van was. De dagen die restten van dat jaar, 46 voor de Olifant, waren troosteloze dagen; de jaren die volgden, waren lang en doods.

21

De passie waarmee onze eerbiedwaardige mannen en vrouwen zich overgaven aan lust en liefde was fenomenaal. Mekka herbergde meer oneigenlijke dan eigenlijke kinderen en niemand wist van wie ze waren. In de wereld van deze kinderen telde je niet mee als je geen littekens had. Met het aantal littekens dat je tonen kon, liet je zien hoeveel tegenslag je duldde. 'Rechtschapen zijn zij die tegenslag dulden', was hun inspirerende leus. Als ze al niet door slavenhandelaars van de straat werden geplukt om te worden verhandeld, wierpen ze zich vrijwillig in de armen van vreemde legers om te vechten voor vreemde heersers, of ze terroriseerden vol overtuiging de wijken van Mekka.

Het is een hardvochtige, wanhopige en ondankbare wereld waarin kinderen de bescherming en troost van ouderlijke nabijheid moeten ontberen. Is het niet natuurlijker om beschutting en geborgenheid te bieden aan hen die het behoeven? Allicht, maar een Mekkaan werd je er kennelijk niet van. Je moest je eigen boontjes doppen, je moest hard zijn. Falen deed je maar in stilte, zodat niemand er last van had. Niemand was verantwoordelijk voor jouw falen, voor jouw honger en gebrek behalve jijzelf. Je diende je terug te trekken van de mensen, want het was beter te sterven dan in de schande van honger en gebrek te moeten leven. Daarom was het Kamp van de Schande in het leven geroepen. Wanhoop en schande doen rare dingen, wist men.

Had Hafsa zich ook teruggetrokken? Ik dwong mijzelf om het te geloven door mijn hoofd kaal te scheren, wat de gewoonte is in tijden van rouw. Ik vervaardigde een steekwapen van olijfhout en vlechtdraad en sloot mij aan bij de Rechtschapen Jeugd, zoals ze zich noemden. Het was dezelfde bende die ik jaren geleden in mijn straat in elkaar had geslagen. Mij opgenomen te weten in de groep maakte mij o zo vrijmoedig. Ik was geboren als Sjaïba te Yathrib, overgegaan in Mekkaanse handen als zogenaamde knecht van en thans woedde ik onder de aangenomen naam Moetalieb. Sjaïba was niet meer, Sjaïba was een witte pluk haar op mijn hoofd en meer niet.

Waarom had ik ervoor gekozen de naam van mijn verstoken oom te dragen? Misschien omdat ik op die schaarse momenten dat het rustig was in mijn hart, dankbaarheid voelde opwellen voor de bescherming die ik van hem gekregen had. Misschien omdat ik iets van mijzelf in hem terugzag, de waardering van tederheid wellicht, wat het voortzetten waard was. Misschien weigerde ik te erkennen dat hij er niet meer was. Terugkijkend kan ik niet anders concluderen dan dat het van beschaving getuigt om een dierbare te willen gedenken, maar zo dacht ik er toen niet over. Ik was woedend en zon slechts op wraak. Het ligt nu eenmaal in onze aard besloten om te haten wat we niet kunnen bevatten en wat zich toch aan onze werkelijkheid opdringt. Ik haatte de dood. Ik zocht hem te overwinnen door de naam van mijn oom te laten voortleven, door mijn eigen naam ervoor op te geven. Ik bewandelde het duistere pad van de zelfvernietiging en ik had het niet in de gaten.

Zover had het leven mij gebracht toen er zeven jaren verstreken waren vanaf het moment dat ik in Mekka kwam te wonen, dat wil zeggen zestien jaar, en nu al had het leven zo'n redeloze woede in mijn borst geplant dat ik gemeen en zelfzuchtig was geworden. De hele wereld moest weten dat ik hard was en met die energie meende ik onder de mensen te moeten zijn. Dat ik evenwel met een zelfgemaakt wapen over straat ging, had alles met principes te maken, míjn principes welteverstaan. De enige manier om aan smeedwapens te komen, was door ze te stelen, onbetaalbaar als ze waren, en dat wilde ik niet. Ik was een dolende, woedende sukkel, geen rover. Ik wachtte nietsvermoedende mensen op in steegjes, sloot ze in en takelde ze toe. Het was mij niet om hun bezittingen te doen, want daarvan nam ik niets. Getekend moesten ze zijn! Ook nam ik deel aan bloedige straatgevechten, zowel binnen als buiten de Haram.

Het is niet mijn bedoeling om met mijn schrijven de complete omwegen van mijn dwalingen te bekennen, een enkele gebeurtenis kan en wil ik echter niet verzwijgen.

In de kern van de Haram, vlak bij de Ka'ba, gebeurde het, tussen de stenen beeltenissen van Isaaf en Naïla. De mensen komen sinds tijden hier bijeen om te offeren. Door al het bloed dat gevloeid heeft, is allengs een dikke rode lijn ontstaan. Precies hier was ik verwikkeld in een gevecht, waarvan ik niet meer weet hoe het begon. Misschien had die knul honden in de wijk losgelaten, zoiets deden ze wel vaker om een gevecht uit te lokken.

Daar lag hij, buiten bewustzijn alsof hij dood was. Ik had hem al heel vaak met zijn hoofd tegen de grond geslagen, nu wilde ik met mijn steekwapen zijn lijf versieren met de mooie Nabateïsche schrifttekens die ik op school geleerd had. Op dat moment dook een gestalte uit de inerte menigte op. Het was een magere, onaanzienlijke hanief, zijn skelet schemerde door zijn vlees heen. Met alle inspanning die hij in zijn uitgeteerde lijf had, probeerde hij me weg te duwen. Hij brulde: 'Dit is de Haram, idioot! Weet je dan niet...' De rest hoorde ik niet, want ineens ging het geluid uit. De woede van duizend-en-een zandstormen joeg door mijn lijf en mijn bloed kolkte. Ik greep met één hand naar zijn strottenhoofd, met de andere plantte ik mijn steekwapen in zijn borst en ik mikte het zo dat het tussen zijn ribben door stak, precies daar waar ik zijn hart veronderstelde. Het was een meedogenloze beslissing om te doden. Met grote ontzette ogen staarde de hanief mij aan, greep naar zijn borst en zakte op de grond. Langzaam kwam het geluid weer terug, en ik hoorde als vanuit een verte een van mijn kameraden roepen: 'Maak dat je wegkomt hiervandaan, voordat het te laat is!'

22

Naufal keek verbaasd op, alsof hij niet kon geloven dat ik voor hem stond. Daar zat hij in zijn plataanhouten, gecapitonneerde stoel, door zilveren kettingen aan het plafond bevestigd – een troon waarmee hij boven de grond leek te zweven als een sjah, omringd door de pracht en praal van uitheemse tapijten en mozaïeken.

'Wat wil je van de machtige Naufal?' galmde zijn stem vanuit de hoogte.

'Vergun mij, die de jaren noch het bezit heeft vergaard om te spreken zoals u, die zo eerbiedwaardig bent, het woord.' Ik kuste de zoom van zijn tuniek, zoals het hoorde.

'Spreek!'

'Ik heb een mens gedood, een hanief. Nu weet ik niet wat ik moet doen. Er bestaat geen grotere ongerechtigheid dan een mens te doden, en juist die heb ik begaan.'

'Heb je spijt van wat je hebt gedaan?'

'Ik weet het niet.'

'Wij rouwen niet om een hanief minder, dat weet je.'

'Ik dacht, misschien is er een familie- of stamlid dat bloedgeld wil.'

'Bloedgeld?' Hij lachte. 'We zijn geen bedoeïenen! Moet jij nog rondtrekken om te kunnen leven soms? Ik ben de heer en gebieder van Mekka, ik bepaal hoe en wat en niet een of andere tentbewoner uit de woestijn. Ga naar Hoebal, vertel hem wat je hebt gedaan en vergeet niet erbij te zeggen dat je het voor hem hebt gedaan. Hoebal is schappelijk, maar bloed dat niet in zijn naam vloeit, is een gruwel in zijn ogen.'

'Maar ik weet helemaal niet waarom ik het heb gedaan, oom Naufal. Moet ik onze stamgod voorliegen?'

'Je bent geschrokken, dat is alles. Over een poos lach je erom. Wat telt is dat je Hoebal, en daarmee Mekka, een dienst hebt bewezen. Ik ben trots op je, weet je dat? Je begint eindelijk een man te worden. Wanneer ik naar je kijk, zie ik niet meer die schandvlek uit Yathrib, maar zie ik een boze jongeman met gezonde instincten.'

23

In dezelfde periode waarin Manaaf, de zoon en opvolger van Koesay, in een bloedige machtsstrijd was verwikkeld met zijn broers, verbleef de Yemenitische koning Kariba in Mekka. Hij was de koning van het zogenaamde 'gelukkige Arabië', het door vriend en vijand zeer bewonderde Land van de Twee Paradijzen, waar imposante bouwwerken van meer dan duizend jaar oud beschermden tegen woeste waterstromen afkomstig uit de bergen in het noorden, die in kanalen uitmondden en naar tuinen werden geleid. Onder Kariba's heerschappij waren onneembare vestingen uit de aarde opgetrokken met daarin dadelpalmen die tot in de hemel reikten. Het was op de terugweg van Jeruzalem naar zijn eigen land dat hij onze vallei aandeed, samen met zijn oudste zoon Oetba en nog twee rabbijnen tot wier godsdienst hij zich bekeerd had. Kariba wilde met eigen ogen de heiligdommen van Mekka en de omringende gebieden aanschouwen en ze ook oprecht eren. Hij verkeerde in de overtuiging dat hij en de zijnen door de strijdende partijen zouden worden ontzien. Immers, hij was geen onaanzienlijke boer die je per ongeluk over het hoofd zag. Het was ook niet Kariba zelf maar zijn zoon Oetba die abusievelijk voor vijand werd aangezien en werd gedood. Kariba ontstak in grote woede. Hij dreigde Mekka tot aan de grond af te breken om wat hem was aangedaan. Echter, zijn rabbijnen protesteerden en drongen erop aan Mekka ongemoeid te laten, anders zou er iets kunnen gebeuren wat met geen vergelding te evenaren was. De koning gaf niet direct gehoor aan dit advies en ondervond daar onmiddellijk de gevolgen van: ziekte tastte zijn spraak aan en van het ene op het andere moment zag hij geen hand voor ogen meer. Hij begreep dat zijn schriftgeleerden gelijk hadden gehad en liet toen pas zijn trots varen. Rouwend keerde hij terug naar zijn land, waar hij bleef tot zijn laatste dag. Hij droeg zijn macht over aan zijn jongste en meest eerzuchtige telg Hassaan.

Hassaan wilde maar één ding: afmaken wat zijn vader nagelaten had, de dood van Oetba wreken. Hij verzamelde zijn troepen en galoppeerde richting Mekka, op weg naar eeuwige glorie en gerechtigheid. Maar op aandringen van verscheidene notabelen werd hij verraden door zijn halfbroer Amr, die hem onderweg om het leven bracht – om vervolgens zelf tot de nieuwe koning van Yemen te worden uitgeroepen door dezelfde notabelen die hem ertoe aanzetten zijn halfbroer te verraden en te doden. Amr werd de nieuwe koning van Yemen, waarna schuldgevoelens zijn gemoed tartten, de slaap hem verging en totale rampspoed zijn land trof. De imposante dam van duizend jaar oud die het hele land had beschermd, stortte ineen. De Adhanavallei overstroomde. Duizenden stierven, slechts honderden wisten te ontkomen.

Zij die het konden navertellen, zeiden: 'Een muis heeft het gedaan. Een muis heeft de dam van Maarib verwoest.' Zo voerden zij de oorzaak van hun ondergang terug op de verwaarlozing waaraan het rijk sinds de dood van koning Kariba ten prooi was gevallen, en die kennelijk in zo'n vergevorderde staat verkeerde dat zelfs een muis de zaak kon laten instorten.

In Mekka zagen we er vreemd genoeg een bevestiging in van wat Kariba's rabbijnen ook al hadden voorspeld, namelijk dat Mekka heilige onschendbaarheid genoot en dat iedereen die het kwaad wilde berokkenen vroeg of laat met de toorn van onze goden te maken zou krijgen. Het was Manaaf, de zoon van Koesay, die boven de Noorderpoort de Nabateïsche inscriptie FAVO-RIETE VERBLIJFPLEK VAN DE GODEN had laten zetten. De overtuiging dat het zo was, dat Mekka echt de favoriete verblijfplek van de goden was, gooide de poorten open naar een soort nieuwe moraal. Wij keken niet meer tegen de bedoeïen op, maar zetten ons tegen hem af juist, verachtten hem in zijn gastvrijheid, vrijgevigheid en loyaliteit. Zijn geloof was de ongebroken ruimte van de woestijn. Wat zijn woestijn had met de plechtige stilte van horizontale verte, had ons Mekka, dat verstoken is van een horizon, met de goden in de hoogte. Wij zwierven niet meer rond in tenten, trokken niet meer van waterplaats naar waterplaats, noch keken we uit naar kampen om te plunderen. We gingen elkaar niet meer te lijf, maar begonnen goederen uit te wisselen, ervan overtuigd dat de goden een hoger doel voor ons beschikt hadden in het imiteren en naar de kroon steken van bewonderde volkeren. Zo gingen wij ook geloven dat we zelf heiligen waren. We vonden het niet verwerpelijk om misdaden te begaan, integendeel, we bewezen Hoebal en Mekka juist een dienst. En wij schaarden dat alles onder de verheven banier van gerechtigheid.

24

Gerechtigheid dringt door tot in onze dromen en houdt nooit op werkzaam te zijn, hoe ver wij er ook van verwijderd menen te zijn. Niets van wat wij op deze wereld doen, blijft zonder gevolgen. Iedereen krijgt waar hij recht op heeft.

Ik ging niet naar Hoebal om hem te bekennen wat ik gedaan had. Liever deelde ik mijn zondes mee aan de wind, sprak ik tot de grond onder mijn voeten. Ik wilde geen bewondering van mijn oom Naufal, ik was een schandvlek en ik verachtte mezelf erom. Ik maakte lange tochten, liefst door moeilijk begaanbaar terrein waar ik niemand, in ieder geval geen mens, hoefde tegen te komen, totdat er niets anders door mijn hoofd ging dan mijn eigen ademhaling en de volgende te zetten stap. 's Nachts wenste ik geen ander dak boven mij dan de donkere hemel met zijn vele flonkerende huizen. Ik hield ervan om alleen te zijn, maar echt alleen was ik nooit. Afgezien van het feit dat er altijd wel een handvol herders en asceten waren die net als ik liever buiten dan binnen verbleven, waren er nog de wilde dieren.

Door niemand nodig te hebben, onafhankelijk en solitair, komt men tot zelfkennis, zo hield ik mezelf voor. Het was een vreemd genoegen te bemerken dat het mij in mijn idee van zelfredzaamheid sterkte. Maar het was een grillig, onbestendig genoegen. Al te vaak zette ik mijn tanden op elkaar om de tranen die ik voelde opwellen te kunnen verbijten. Te midden van een palmplantage zag ik eens een boom die er levenloos bij stond: er zat geen blad aan, de grond eromheen was dor en vertrapt, terwijl de andere bomen vol loof waren en het zonlicht dat door hun bladeren sijpelde een vlekkerig patroon vormde op de grond. Mijn gedachten dreven weg, de diepte in, naar de volmaakte stilte die daar ondergronds moest heersen. Ik stelde mij voor hoe al die bomen met hun wortels verbonden waren, behalve die ene. Door de messcherpe precisie die het gevoel eigen is, besefte ik daar en toen hoe alleen ik ervoor stond. Mijn vader en moeder waren er niet, dierbaren en beschermheren waren mij ontvallen, mijn mensen waren niet mijn mensen. Ik was er niet trots op Mekkaan te zijn. Ik was ook geen Yathribijn, aangezien ik weinig meer van die plek had gezien dan de muren van moeders lusthof. Wat maakte mij dan tot wie ik was als ik van de een noch van de ander was?

Het bleef niet bij bomen. Ik jankte de hemel aan scherven uit het medelijden dat ik had met een manke duif of een aan het eigen lot overgelaten valse hond. Zo zoet vond ik het huilen dat ik me er niet eens meer voor schaamde. Er zijn weinig zaken die meer richting geven aan een mensenleven dan woede, ik mag doodvallen als het niet waar is. Al is de maan in tweeën gespleten, al zijn dag en nacht gescheiden om afzonderlijk hun gang te gaan, de woede woedt voort als een schreeuwende in het duister en stelt ons in staat om sterk te zijn, zodat we desnoods met de dood in de ziel overleven. Maar niets beschermt je tegen de aanvallen van verdriet en gemis die zich op onbewaakte momenten aan je opdringen, ook woede niet.

Met boven mij de ontelbare sterren overdacht ik de woorden van mijn oom, over hoe alles draait. Maar hoe langer ik de eeuwigheid overdacht, hoe uitzichtlozer ze mij viel. Hoe zou ik daar dan ooit bevrijding in vinden?

Ach, wat waren mijn zelfverkozen eenzaamheid en zelfredzaamheid meer dan zelfmedelijden? Wat was de bevrijding die ik daarin dacht te hebben gevonden meer dan zelfbedrog, aangejaagd door de intense wil om anders te zijn dan mijn stamgenoten? Lag niet daarin de oorzaak van mijn overgevoeligheid, van mijn verdriet en eenzaamheid? Ik moest weer onder de mensen komen voordat ik aan mezelf ten onder ging, want ik was bezig een eerloze ondergang over mezelf af te roepen.

Zoals zandstormen opdoemen uit de bedrieglijke stilte van het niets, zo gaan ze ook weer liggen. We horen geregeld over mensen die van de ene op de andere dag besluiten hun leven om te gooien. Omdat ze zichzelf zijn tegengekomen, zeggen we dan. Zo verruilde ik mijn al te veel op het zelf gerichte levenspad voor een meer deugdzaam en betekenisvol leven. Mijn lust om te schaden verdween. Maar mijn woede was niet weg, die wendde ik juist aan. Met dezelfde kracht waarmee ik mij eerder aan het straatgewoel had overgegeven, omarmde ik het zakenleven. Op dat moment was ik zeventien.

25

Van het kleine beetje bezit dat ik had, drie schurftige kamelen, maakte ik ijverig werk. Ik voerde ze alfalfa, korenkaf en acaciablaadjes. Ik verzorgde hun vacht, hun poten en gebit beter dan ik mezelf verzorgde. Spoedig begon hun warmrode vacht te glanzen, werden hun flanken als woestijnheuvels in de namiddagzon. Ik genoot van de verheffende werking die het op mij had wanneer ik ze door de zinderende hitte zag draven en het deed me pijn als ik ze klaaglijk hoorde loeien. Ik struinde de marktplaatsen af voor de beste huiden en het beste leer. Daar maakte ik eigenhandig zadels en drinkflessen van, en met die zadels ging ik de hort op om handel te drijven. In het begin korte tochten van niet langer dan een dagreis, naar Oekaaz en Taïf, maar algauw voegde ik me naar de wensen van mijn klanten om ook langere reizen te ondernemen, en zocht ik aansluiting bij de grote karavanserais in het noorden. Daar verruilde ik mijn zadels voor allerlei kruiden, voor papier, sinaasappels én, als ik geluk had, delicate stoffen zoals satijn en zijde. Al deze dingen nam ik mee terug naar mijn eigen land om tegen behoorlijke winstmarges door te verkopen.

Ik spitste goed mijn oren en pikte tal van woorden op. Die combineerde ik tot een mengelmoes van Arabisch, Syrisch, Koerdisch, Pahlavi en een hoop gebaren. Ik ontmoette bijzondere mensen met andersoortige gedachten, waardoor ik anders naar de wereld ging kijken. Zo ontmoette ik welgevoede, goedgeklede jongemannen die niet wisten dat de ouders van hun ouders gevluchte Mekkanen waren. Door soms met de Byzantijnen, dan weer met de Perzen samen te werken, als gids, tolk, spion of huurling, waren zij ingeburgerd geraakt en hadden zich zo macht en aanzien verworven. Daar waren ze trots op, ondanks de gevechten die ze onderling moesten voeren om de grootmachten te plezieren. Zij tooiden zich met dure Byzantijnse en Perzische namen en emblemen, maar droomden van een toekomstig vaderland dat vrij was van slavendienst aan keizers en sjahs. Zouden zij evenwel terugkeren naar het land dat hun vaders en moeders hadden verlaten, dan zouden ze er niet willen blijven; want deze Lahmidische en Ghassanidische Arabieren wisten niets van Mekka. Er waren er zelfs bij die geloofden dat Mekka niet bestond, dat het een verzinsel was.

Ik leerde dat waarheid niet alleen in boeken en harten geschreven staat, maar ook in de hemel – in de sterren om precies te zijn. Dat had mijn oom Moetalieb mij ook al verteld, alleen was ik toen nog veel te jong geweest om het te begrijpen. En nu? Nu leerde ik van filosofen en sterrenwichelaars dat alles een natuurlijke levensduur had die al op het moment van geboorte was voorbeschikt, afhankelijk van het gesternte waaronder het was geboren. En ik leerde dat de veelbesproken Drie Wijzen uit het Oosten helemaal niet de geboorte van de zoon van Meryem hadden aangekondigd, zoals in de Evangeliën staat geschreven, en ook niet die van Mithras, zoals de mazdakieten via hun gatha's beweren, maar de zon! Het is uitgesloten dat Mithras en de zoon van Meryem mensen van vlees en bloed zijn. De zon wordt toch niet geboren via gemeenschap tussen man en vrouw? Nee, de zon komt op en gaat onder volgens een en hetzelfde, want eeuwige principe. Zoals de hemellichamen hun voorbeschikte kringloop volgen, de aarde en de zee steeds weer leven brengen om het stervende te vernieuwen, zo volgt onze historie eenzelfde eeuwige rondgang van schepping, vernietiging en herschepping. Zo treffen we elkaar eindeloos en in steeds nieuwe gedaanten, vindt de rechtlijnige zijn draai, en leeft alles voort volgens de wet van de eeuwigheid.

26

Met mijn zadels en mijn reizen verwierf ik het respect van mijn stamgenoten, maar ook dat van de andere stammen. Ik steeg in aanzien onder hun dochters. Wanneer ik bij hun vader over de vloer kwam om bestellingen op te nemen of een zakelijke transactie af te handelen, dan zag ik hun steelse blikken, hun overdreven bevallige gebaren, en in hun schalkse kreetjes verstond ik een ondubbelzinnige vingerwijzing naar hun beschikbaarheid. Ik was geen onfortuinlijke bastaard meer, maar een serieuze partij om je dochter aan weg te geven.

Ik trouwde Roemiya, een bedoeïense schone met een intens en ontembaar karakter. Bovenal was zij een zeer spilziek meisje. In heel Mekka was er geen mens die met zo veel goudpailletten rondliep als zij. Om niet twee dagen achtereen in dezelfde kleren voor haar vriendinnen te moeten verschijnen, eiste ze wekelijks geldstukken op waarmee ze de bazaars afstruinde naar de fijnste stoffen, de kleurrijkste parasolletjes en waaiers; ze schiep er genoegen in om zo over straat te gaan en blikken te vangen. Ik waardeerde haar schoonheid, maar om geen andere reden dan om mij te vermenigvuldigen, dat geef ik eerlijk toe, trouwde ik haar. Zo zocht ik – doelbewust – de woeste branding van de jeugd te laten ebben op het strand van het huwelijk en de verwekking van nageslacht. Ik wilde kinderen, ik wilde de vader van velen worden, het liefst van zonen. Ja, ik wenste mezelf nadrukkelijk zonen toe, want ik was jong en ambitieus. Maar al na het baren van onze eerste, een zoon, de vreselijk opstandige Harith, werd Roemiya onvruchtbaar. Meer dan ooit zocht ze haar ongerief te stillen met het kopen van nog meer spullen. Steeds wanneer ik haar ervan wilde doordringen dat ze haar geldverspilling moest matigen, verdacht ze mij ervan andere vrouwen te hebben. Ze wist dondersgoed dat ik geen andere vrouwen had. De enige vrouw die in mijn hart woonde, was mijn jeugdvriendin Hafsa. Moest ik me daar schuldig over voelen? Zou het iets veranderen aan Roemiya's koopzucht? Het duurde even voordat ik begreep waar ze op aanstuurde. Roemiya wílde dat ik andere vrouwen nam, opdat ik me inderdaad schuldig zou voelen en ik haar, bij wijze van tegenprestatie, voortaan met rust liet.

Op een nacht van vreugde en dronkenschap ter gelegenheid van de bruiloft van een buur, belandde ik samen met een jonge maagd van de Mahzoem, Fatima, beneveld en wel in het Dal van de Oleander. Het witte deinende vlees van haar borsten en omvangrijke billen wekte op slag mijn mannelijkheid, en toen ben ik in haar gegaan. De volgende dag kreeg ik spijt dat ik de plek, die mij zo dierbaar was door de herinnering aan Hafsa, had verraden. En om niet dezelfde fout te maken als zo veel Mekkaanse edelen, die zich wel vermenigvuldigden maar er niet de consequenties van aanvaardden, trouwde ik met Fatima. Ze schonk mij vier zonen, onder wie Zoebier, veruit de verstandigste van al mijn kinderen, en de gevoelige, ondoorgrondelijke Abdallah. Nog wilde ik meer!

En ik kréég meer.

Ik liep juist door de poort van de parfumeurs, waar ik het allernieuwste watergeurtje wilde halen voor Roemiya, toen mijn oog viel op een vrouw zoals ik nog nooit gezien had. Zij ging een bruggetje over en ik besloot haar te volgen. Ter hoogte van de begraafplaats kreeg ze mij in de gaten. Steeds keek ze achterom om te zien of ik nog achter haar aan liep, ten slotte bleef ze staan en vroeg waarom ik haar volgde. Wat ik voelde, verlamde mijn ledematen als een vuur. Ze heette Halah en was een van die wonderbaarlijke instrumenten die God in de wereld brengt om de ziel van een mens te redden. Er zijn geleerde mensen die stellen dat de ziel een halve bol is, die pas compleet wordt en zijn rust vindt in de verenigende kracht van de liefde. Ik weet niet of dat zo is. In ieder geval zal ik nooit beweren dat de liefde een onbewolkt geluk is. Mijn liefde voor Halah was als een ziekte waarvan ik niet genezen wilde, een gevangenschap waaruit ik mezelf niet bevrijd wenste. Het uitkijken naar een afspraak was aan de ene kant een genoegen, aan de andere kant een kwelling, helemaal toen ik ontdekte dat ik niet de enige was die haar wilde. Er was nog een andere mededinger en zijn naam was Naufal, mijn oom. Hij nam een vuige kwaadspreker in dienst om Halah ervan te overtuigen dat mijn gevoelens voor haar niet echt waren, en dat ik ze slechts voorwendde om mijn lusten te bevredigen. Toen dat niet lukte, omdat ik mij helemaal niet gedroeg als iemand die er slechts op uit was om zijn begeerte te blussen, begon hij rond te bazuinen dat ik al twee vrouwen en daarnaast nog vele minnaars had. Halah lachte erom of ze haalde haar schouders op; in het ergste geval ontroerde het haar dat een al bejaard man zoveel in het werk stelde om haar voor zich te winnen. Ik hield mij stoïcijns, maakte steevast eten voor haar klaar, waste haar kleren, verwende haar en overlaadde haar met geschenken, zoals iedere man wiens hart in bezit is genomen door de liefde zou doen. Vreesde ik niet ergens de toorn van Naufal? Nee, want ik was een succesvol man, ik had zijn bescherming niet meer nodig en dat wist hij. Bovendien wisten we allebei maar al te goed dat hij bewondering voor mij had.

Het simpele volgen van Halahs bewegingen was een hypnotiserende bezigheid en ik kon haast niet geloven dat zo'n prachtvrouw de mijne wilde zijn. Liefst zeven zonen heeft ze mij geschonken, onder wie de spotlustige Abbaas en de moedige, avontuurlijke Hamza, en daarnaast nog twee dochters, van wie ik de eerste naar Hafsa vernoemde.

Halah opende mijn ogen, maar niet alleen zij was daar verantwoordelijk voor.

27

Dagelijks verwonderde het mij dat waar ik als enige kind van een ongehuwd stel ter wereld was gekomen, ik de eigenlijke vader van vele zonen en dochters was geworden, achttien in totaal, terwijl elders heersers met rijk en al ten onder gingen, rampen en oorlogen hele volkeren decimeerden en rebellen volkomen nieuwe religies stichtten. Ook de rijkdom die ik vergaarde, droeg bij aan mijn gewetensnood. Ik schaamde me voor iedere dinar die ik binnenhaalde. Niet zelden moest ik aan Hafsa denken, aan haar onbevreesdheid, haar eigenaardige rechtvaardigheidsgevoel, haar verborgen, ontwapenende tederheid. Ik stelde me voor hoe ze, gesteld dat ze nog leefde, mij zou zien. Als een gearriveerde kamelendrijver, geduldig en zorgzaam, of als een rijke koopman, gierig en vals? Daarom kreeg ik die buitenissige dromen, denk ik. Tijdens momenten van rust en zelfonderzoek wisten ze me altijd te vinden.

Hoe het begon:

Het was in de heilige maand Moeharram. De drukte van

de laatste maand van het jaar, waarin pelgrims afkomstig uit het hele land bij onze heiligdommen samenkomen om hun goden en heiligen te eren, maakt dan plaats voor rust. Ik lag in de schaduw van de *hizjr*, het halfronde muurtje bij de Ka'ba, een beetje half-half te slapen toen de droom zich voor het eerst aan mij openbaarde. De loomte van een middag in de schaduw, het zachte gezoem van insecten in de warme namiddaglucht, de geur van droge aarde... Een behaaglijke sluimer kwam over me heen en ik wenste even niets anders meer dan zo te blijven liggen. Geen zaken, geen verplichtingen, geen gezeur. Ik droomde weg. Plots schrok ik wakker door een gedaante die in log fladderende vaart rakelings langs me heen vloog. Ik stond op zo snel als ik kon, keek verdwaasd om mij heen, liep hierheen en dan weer daarheen. Bij de beelden van Isaaf en Naïla zag ik wat het was: een hoebara, een soort vogel die slechts met de grootste moeite van de grond komt.

Wat ik had gedroomd:

Een grote eerbiedwaardige heer moest kiezen tussen twee vrouwen. Aan de ene kant zijn echtgenote: de materieel bemiddelde vrouw die weigert zich neer te leggen bij de beperkingen die de natuur haar heeft gesteld, die haar grijze haren met rode henna kleurt om haar gevorderde leeftijd te verbergen, en die vindt dat het haar recht is om zich het kind toe te eigenen dat door haar slavin gebaard is. Zij heeft daar zelf de opdracht toe gegeven krachtens een wet die erin voorziet dat echtgenotes een bijvrouw mogen aanbieden aan hun echtgenoot, opdat zij niet in hun vermenigvuldigingsplicht achterblijven. Aan de andere kant de slavin van zijn vrouw: een Egyptische aan wie het geluk van een vruchtbare schoot is toebedeeld, die plots merkt dat ze de macht heeft om op de oudere, onvruchtbare vrouw die haar meesteres is neer te kijken en te lachen om haar gebrek. De eerbiedwaardige heer gaat in de slavin en verwekt bij haar een kind, een jongen, die de slavin moet afstaan. Maar zij weigert. Nu de moeder in haar is gewekt, is het een grote onrechtvaardigheid in haar hart om het kind af te moeten staan. En kijk, tussen de vrouwen ontvouwt zich een machtsstrijd, waarbij elk de ander tracht te overtroeven en te minachten. Wie beschikt nu over de ander, degene die de middelen heeft om krachtens een willekeurig contract te eisen wat niet van haar is, of degene die niets bezit behalve wat haar door de natuur gegeven is en die het als vanzelfsprekend neemt dat ze de ander om haar gebrek kan verachten? De een wordt kwaad op de ander en zegt: 'Waar ik ben, wil ik jou niet meer zien.' De man kan het niet laten duren. Hij moet kiezen tussen de onmachtigheid van een gemaakte wet enerzijds en de redeloze macht van de natuur anderzijds. Wat kiest hij? Hij die in eenvoud wandelt met de Zeer Hoge, die niets meer verlangt dan een volledig vertrouwen in Hem, ziet zich geroepen door heiligheid en moet zich daarnaar richten. Hij kiest voor zijn vrouw. Hij kiest voor het in stand houden van de wet die bepaalt dat de ene mens over de andere mag beschikken. Hij kiest ervoor om de slavin en het kind dat hij bij haar verwekt heeft, te verbannen naar de woestijn. Met een stuk brood, een beetje water en grootse beloften worden ze weggestuurd. En de Zeer Hoge fluistert hem in, ter bekrachtiging van het genomen besluit: 'Smaïl zal een wilde ezel van een mens zijn. Zijn hand zal tegen allen zijn en de hand van allen tegen hem!'

28

De droom vervolgt:

Het is donker en de straten zijn eenzaam, alleen zwervers en bedelaars zijn nog buiten. Een herbergier wil zich aan de vrouw vergrijpen, nadat ze bij hem om een slaapplaats heeft gesmeekt. De jongen die bij haar is, ziet wat de herbergier van plan is en slaat toe. Hij verbrijzelt 's mans schedel met een steen en onder moeders aansporingen blijft hij op hem inslaan tot ze in een grote plas bloed waden. Het is het begin van een lange, straffe, uitzichtloze weg. Ze moeten vluchten en in hun vlucht ontmoeten ze vele volkeren. Ze ontmoeten volkeren bij wie het hart eeuwig ontevreden is, die nooit door de pest zijn geraakt maar bij wie hij toch in het hart bestaat, die om het minste of geringste doden, die meer eer zien in de dood door het zwaard dan door ouderdom en daarover hoog opgeven, die niets geven om de waarde van het leven en er ook niets van weten, die nergens in geloven. Ontelbare malen valt zij en steeds is daar de hand van haar zoon. Aan het einde van zijn krachten, is het de jongen die naar de grond zijgt, ergens in een verstoken vallei in een verstoken land en precies tussen twee rotsblokken in. De vrouw zwalkt van de ene dode steen naar de andere, op zoek, alsmaar op zoek, de zinnen duizelend van uitputting. Eindelijk gaat ze bij hem zitten, trekt hem met moeite tegen zich aan, werpt een schaduw over zijn gezicht en strijkt met haar hand over zijn gebarsten lippen, luistert naar zijn gelispel. Ze hoort het ruisen van palmbladeren, kabbelend water in een stroom vlakbij. Waar in deze godvergeten woestenij groeien bomen? Waar stroomt water? Ze dwingt zichzelf beter te luisteren... Woorden van overgave, een zoete overgave, breken de laatste hoop en de laatste wilskracht in haar lichaam als een vergif. Tranen, als ondraaglijke herinneringen in zilt vocht vervat, glijden over haar wangen. Ze balt haar hand tot een vuist en slaat op haar borst, vervloekt alles wat haar in deze hopeloze toestand gebracht heeft en schreeuwt het uit in een langgerekte, hartstochtelijke kreet die als een verzengende woestijnwind door de hemel snijdt. En terwijl haar uitgeputte geest in duisternis wegdrijft, de vonk van haar hoop bijna gedoofd is, dringt van ver een stem haar ziel binnen. Als in een droom ziet ze hoe zinderende hitte met een enkele daverende hielslag de grond doet beven, en de grond doet scheuren. Water, vanuit de diepte komend, schiet in stromen de hemel in.

29

In het uitzonderlijke geval dat een mens drie keer dezelfde droom krijgt, ontkomt hij er niet aan zichzelf vragen te stellen. Niet één keer, niet twee keer, maar liefst drie keer droomde ik van de verbannen slavin en de verstoten zoon. Wie waren zij, die zochten en zochten in de uitzichtloze woestenij waarheen zij verbannen waren, totdat de jongen, gebroken in zijn wil om nog verder te gaan, de wil die hem al zo ver had gebracht, neerzeeg tussen twee rotsen? Wie waren de mensen die hen hadden weggestuurd? Ik veronderstelde dat de slavin Hazjar was, haar zoon moest dan Smaïl zijn, de eerbiedwaardige heer die hen wegstuurde was Brahiem en zijn vrouw was Sara. Ook vroeg ik mij af wat die rotsen waren, die waar de jongen, Smaïl, bij was gaan liggen, en of het zuiver toeval was dat de plek waar ik in mijn domme woede een mens had gedood ook tussen twee stenen lag, Isaaf en Naïla.

Ik ging op onderzoek uit.

Eerst bezocht ik de opperpriester van de Ka'ba, een verweerde woestijnvos van een vent genaamd Ibn Zjaahil. Iedereen die met moeilijke vragen zat, kon bij hem terecht tegen betaling van zilver- en goudstukken, of een slachtkameel. Volgens hem waren Isaaf en Naïla verwante goden, die aan elkaar verbonden waren via een symbolische verwantschap die alle goden met elkaar deelden. Daar moest ik het mee doen.

Toen ging ik naar de verhalenvertellers, die zich rondom de kern van de Haram ophielden. Van hen begreep ik dat Isaaf en Naïla helemaal geen goden waren, maar Smaïlieten die de gewoonte hadden om in de nabijheid van de Zwarte Steen gemeenschap met elkaar te hebben, waarop woede op hen zou zijn neergedaald om hen uit hun innige omstrengeling te dwingen. Versteend werd wat van vlees was geweest en gedempt wat stromend was.

Er was nog een derde uitleg. Die werd vooral door de haniefen gebezigd. Ik had niet de moed om naar een hanief te gaan, maar via een pientere straatventer die er niet voor terugdeinsde om tegen betaling een van hen aan te klampen, kreeg ik wel de nodige informatie. Gedurende zijn hele regeerperiode, vijfenveertig jaar lang, was er niemand die de grote Koesay in zijn bestuur bedreigde, behalve de haniefen. De grote Koesay zag in hen een bedreiging van de wereld zoals hij die voor zich zag: een wereld waarin de mensen vrij zijn te aanbidden wie en wat ze maar willen. Vrijheid was geboden, want vrijheid was goed voor de handel en handel was goed voor de wereld. Koesay begon een campagne tegen de haniefen, omdat zij een exclusieve orthodoxie nastreefden. Hij vreesde dat mensen die een andere godheid aanbaden Mekka voortaan zouden mijden. De joden, christenen, manicheeërs en mazdakieten, allen hingen een exclusieve leer aan en waren welkom in Mekka, alleen de haniefen vervolgde hij met tirannieke verbetenheid. Tussen de stenen van Isaaf en Naïla stond een bron, de bron die Hazjar en Smaïl tijdens hun hoogste nood het leven redde, en daarin wierp de grote Koesay de haniefen, of de meest opzichtige onder hen, levend en wel, opdat ze van uitputting stierven. Daarna dempte hij de bron.

Ik had zo mijn bedenkingen bij deze geschiedenis. Mijns inziens manifesteerden de haniefen zich pas nadat Koesay gestorven was, als reactie op de bloedige verdeeldheid die gerezen was tussen Manaaf en zijn opvolgers, hoewel de basis van hun protest, de heersende ontevredenheid over waar het heen ging met de vallei, wel degelijk terugging tot Koesay en de veranderingen die hij had gerealiseerd, en misschien wel tot aan zijn voorganger Zjoerhoem. Aan de andere kant klonk de totaal ondergeschikte rol van de Smaïlieten, het zuivere maar zwijgzame geweten van de vallei waarnaar de haniefen teruggrepen, mij bekend in de oren. Het was al met al waardevol wat de haniefen mij – via de straatventer – leerden, omdat het bevestigde wat de verhalenvertellers zeiden en, hoewel in iets mindere mate, ook wat de opperpriester zei. Bij alle drie speelden Isaaf en Naïla een niet te onderschatten rol van betekenis. Mijn plan was nu om op die bijzondere plek te graven.

Om niemand tot last te zijn, omspande ik het uit te

graven stuk grond met een touw. Toen riep ik mijn sterkste zoons Harith, Hamza en Abbaas bijeen.

'Pak een houweel, we gaan graven!' zei ik.

Harith draaide met de armen, sjorde aan zijn schouders en liet het luid kraken in zijn nek, zíjn manier van klagen over spierpijn en om kenbaar te maken dat ik niet op hem hoefde te rekenen. Hamza zei dat er een beest was gesignaleerd in de zoutgronden ten zuiden van Mekka, een ongekend beest waarop hij dolgraag wilde gaan jagen. Abbaas vertelde vol geestdrift over een straatgevecht dat aan de gang zou zijn en waaraan hij direct een halt wilde toeroepen. Zo maakten zij zich één voor één uit de voeten. En toen verscheen daar ineens opperpriester Ibn Zjaahil in de deur van de Ka'ba.

'Ho ho, wacht eens even! We gaan niet zomaar graven. Heeft u toestemming?'

30

Oom Naufal schraapte zijn keel en zei: 'Ik bezit veel capaciteiten, maar ik weet niets van het uitleggen van dromen. Dat vind ik slaapverwekkend.'

Een hele poos had ik geduldig gewacht en toegekeken hoe anderen audiëntie werd verleend, alles in het werk stellend om bij hem in het gevlei te komen. Een slavenhouder testte de scherpte van zijn klauwzwaard op een van zijn slaven, waarna hij het bloederige ding met de nodige egards wegschonk, wat hogelijk gewaardeerd werd. En een koopman, die in zwarte vrouwen handelde, sloeg zijn koopwaar tot bloedens toe in het gezicht om te bewijzen dat ze absoluut niet klaagden. Mijn oom was er blij mee – 'gecultiveerde vrouwen zijn schaars,' wist hij. Nu ik eindelijk zelf aan de beurt was, wilde ik zijn onverdeelde aandacht.

'Ik zal het uitleggen,' bood ik aan, hoewel ik wist dat ik niet helemaal openhartig kon zijn. De moeilijkheid waarvoor ik mij gesteld zag, was om met geen woord te reppen over de hanief die ik gedood had. Voor Naufal was die zaak allang afgedaan. Ik was dus genoodzaakt om mijn bedoelingen in het vage te houden.

'De levens van mensen zijn een afspiegeling van wat ze zelf dromen,' zei ik. 'Verander hun dromen en je verandert het leven. Wat weten wij er nog van wie Hazjar en Smaïl zijn, onze verste voorouders? Zij werden weggejaagd uit het land Kanaän, zij zochten overal maar waren nergens welkom, en uiteindelijk belandden zij hier in de vallei, ver verwijderd van de bewoonde wereld. Hier vonden zij water, schiepen zij zich een nieuw bestaan dat geheel werd gewijd aan de zuiverheid van hun hart. Ik weet, het is allemaal een eeuwigheid geleden. Veel is gewonnen sinds die mythische tijd van weleer, maar er is ook veel verloren. Steeds weer oplaaiende vetes hebben ons bijvoorbeeld doen geloven dat het nooit anders is geweest, dat we niet zonder verdeeldheid kunnen. Ondankbaarheid is in ons hart geslopen. Maar waar geen water is, is ook geen leven; en waar geen leven is, is helemaal niets denkbaar. Zonder water is Mekka niets en wij die zich gelukkig achten dat we hier een bestaan hebben evenmin. Als de mensen zouden weten dat zelfs de heer en gebieder van Mekka gelooft in de eenheid van de stammen, als ze zouden weten dat ú bezig bent de eenheid gestalte te geven door middel van een gezamenlijke bron, een heilige bron in het hart van Mekka...'

'Wacht even, neef! Je wilt een bron graven, is dat het?'

Ik knikte.

'Met water erin en zo?'

Ik knikte.

'Zeg dat dan gewoon! Je praat soms als een Griek,

weet je dat?' Op een stuk leer waarop de stad was uitgetekend, wees hij op de vele bronnen die in het bezit van de Koraisj waren. In de bovenstad stond Tawie, uitgegraven door Abdoe Sjams. Zijn zoon groef Hafr. Iets buiten Mekka stond Badadar, uitgegraven door mijn wijlen vader Haasjim. Reeds vóór hen groef de grote Koesay al de Sazjla, de Soefayya, de Oem Ahraad, de Soenboela en de Ghamr. 'Je ziet, beste neef: water in overvloed.'

'Er zijn ook genoeg kooplieden die dezelfde dingen verkopen,' riposteerde ik. 'En we hebben een tempel die we vullen met honderden beelden. Toch houden we niet op met dezelfde dingen te verkopen en we houden ook niet op de tempel vol te stouwen met nog meer goden. Ach, ik ben echt niet op zoek naar een waterput zoals we die al hebben; anders dan het water uit al die andere bronnen is het water van Zemzem namelijk heilig.'

Hij trok zijn borstelige wenkbrauwen op. 'Zemzem? Heet die bron van jou Zemzem? En wat is er dan zo heilig aan die Zemzem? Hoe weet je eigenlijk dat Zemzem bestaat? Het is een droom, je hebt het zelf gezegd.'

'De enige manier om dat te weten te komen, is door hem uit te graven.'

'De mensen komen allang niet meer naar Mekka om te eren, ze komen om handel te drijven. Trouwens,' hij veerde ineens op, 'de gebroeders Safwaan, Rahmaan en Aus vertrekken volgende week met een delegatie naar Sjoeaïba om ter plekke te onderzoeken wat de mogelijkheden zijn voor een directe handelsverbinding. Misschien dat de haven daar zal moeten worden uitgebreid. Over land zullen we nooit zoveel bereiken als over zee. Bedenk eens wat een rijkdom Mekka tegemoet gaat als we in verbinding staan met grote havensteden in Yemen, Abessinië, India, China. Een kamelenfokker met een reputatie als die van jou kan er volop de vruchten van plukken, de handelswaar van en naar Sjoeaïba zal immers per karavaan worden vervoerd. De vraag zal enorm zijn en je zou zelfs kunnen overwegen het hele transport van en naar Sjoeaïba naar je toe te trekken. Ik zeg dus nee, en waarom doe ik dat? Omdat ik als de leider van Mekka niet kan toestaan dat mijn neef gaat lopen zoeken naar een of andere vage bron in het hart van de Haram. Iedereen zal je uitlachen en ik zie het als mijn taak om de eer van onze stam daartegen te beschermen. Een ware Koraisj handelt en doet zaken, Moetalieb, je vader wist dat heel goed. Dromen en dwepen, dat laten we over aan de haniefen. Je kunt gaan.'

Ik maakte aanstalten om weg te gaan, toen hij een compromis voorstelde. Want geven en nemen, daar draaide het om, zei hij. Of dacht ik soms dat hij daar zat omdat hij een paar bootvrachten hout liet aanvoeren? Nee, we moesten allemaal offers brengen om iets te bereiken, dat moest ik goed in mijn oren knopen.

'Hoeveel kamelen wilt u hebben? Ze geven melk voor tien,' garandeerde ik.

'Ik hoef geen kamelen. Ik wil iets anders hebben, als je begrijpt wat ik bedoel. Je weet toch wat ik bedoel?' Hij keek me bedenkelijk aan.

Ik zei dat ik dat niet wist.

'Ik heb het over die vrouw van jou. Ik denk vaak aan haar, weet je dat? Ze wordt met de dag mooier. Een prachtvrouw! Voor één nacht met haar gun ik je niet alleen de Zemzem, maar mag je van mijn part alle bronnen van Mekka hebben, eerlijk waar. Neem ze maar, ze zijn van jou. Maar dan wil ik Halah.'

Zijn voorstel benauwde mij, maar ik liet het niet merken. 'Dromen en dwepen laten we over aan de haniefen,' zei ik slechts, mezelf tot het uiterste inspannend om zo onderkoeld mogelijk te klinken. Toen keerde ik om en verliet het vertrek.

Hij lachte slechts, de schoft.

31

Het was in diezelfde periode, jaar 6 voor de Olifant of daaromtrent, dat ik Akiel ontmoette. Een heel bijzonder mens. Tegelijk met zijn aankomst in Mekka begon het overdadig te regenen. Maar het was een onrustige tijd. Er was ingebroken in de Ka'ba en daarbij waren tientallen beelden vernield. Ook in de omringende gebieden Mina en Moezdalifa hadden duistere figuren beelden aan stukken geslagen. Een blasfemische, vernielzuchtige geest waarde door het heilige land en we dachten allemaal aan de haniefen.

Gezeten op een met linnen doek overdekt terras, keek ik uit over een druk en lawaaierig marktplein. Ik zag hoe een oud en gebitloos vrouwtje, krom als een kamelin, de mensen kranig in de ogen keek terwijl ze haar hand ophield voor een aalmoes. Ieder muntstuk gaf ze door aan de kleine compagnon die ze in een gebonden doek op haar rug meesjouwde, en die zijn melktandjes uitventte door op de afgebedelde munt te bijten. Wanneer onwillekeurig het beeld van mijn eigen moeder zich aan me opdrong, wendde ik mijn blik getergd af. Toen doofde de zon als een olielamp, de lucht betrok en een bergrug die zojuist nog goed te zien was, werd geheel aan het zicht onttrokken door laaghangende wolken. Wind stak op als een geraas van zuchten, dadelpalmen zwiepten heen en weer alsof ze woest aan het bidden waren geslagen. Binnen enkele tellen plensde vloeibare zegen neer in gordijnen. Mensen weken in drommen uiteen; kinderen trokken hun bovenkleding uit en zochten juist plezier in de regen, ze gingen dansend en zingend over straat om aan deuren te kloppen voor lege kruiken.

In de verte zag ik een kleine, gedrongen man. Zijn gestalte ging half verborgen onder een strohoed, aan zijn lijf wapperde een kleed van aan elkaar genaaide vodden. Vlug duwde hij zijn oude ezel, met daarop een vrouw en een kind, onder een afdak. Ik sloeg mijn mantel over mijn hoofd en stak in de regen schuin het plein over, recht op de vreemdelingen af.

'Welkom in Mekka!'

'We willen niets. U kunt weer gaan, dank u,' zei de kleine man afhoudend, terwijl hij vrouw en kind hielp afstappen.

Ik vermoedde dat hij in mij een van die beunhazen zag, die er alles aan deden om nietsvermoedende pelgrims uit te buiten. 'Mag een gastheer zich niet eens aan zijn gasten voorstellen? Ik ben Moetalieb, zoon van Haasjim.'

Ietwat knorrig, klagend over opdringerige gidsen en aanbieders van overbodige zaken, verontschuldigde hij zich. Toen deed hij met de linkerhand zijn strohoed af en stak zijn andere hand toe. 'Akiel. Bastaard. Barbier.'

Mijn mond viel open van verbazing en ik moest veel te hard lachen.

'Heb ik u aan het lachen gemaakt, heer?' Een diepe blos trok over zijn bleke gezicht. Hij keek zijn vrouw vragend aan, maar die wist het ook niet.

'In onze stad zal iemand niet gauw zeggen dat hij een bastaard is,' legde ik kort en bondig uit.

'Waarom niet? Was niet ook Smaïl een bastaard?' vroeg hij bijzonder opmerkzaam.

Daar en toen vatte ik een warme genegenheid op voor de kleine man, die zich zo kwetsbaar opstelde dat het bijna pijn deed. En ik nodigde hem en zijn gezin uit mijn gasten te zijn voor zo lang als ze wensten.

Onder het nuttigen van een uitgebreid middagmaal vernam ik dat hij afkomstig was uit Nazjraan, een christelijk centrum in het noorden van Yemen.

'Doe je ook besnijdenissen?' vroeg ik. Veel mannen, vooral zij die onder de invloed waren gekomen van de zedelijke wetten van joodse stammen in het noorden, bezochten een barbier om zich van hun voorhuid te ontdoen. Het voorkwam kwalen en vergrootte het genot van de vrouw, zei men, en het leverde de barbier bovendien veel meer inkomsten op dan alleen het knippen van haren.

Akiel knikte en ik begon enthousiast te vertellen over het gildewezen. Dat zij fungeerden als een familie van beschermheren en hoe noodzakelijk het was om beschermheren te hebben.

Smakelijk kauwend op een in patrijzenbouillon met gedroogde pruimen gedoopt stuk brood, mompelde hij dat hij wel zou zien hoe en wat. Omdat ik toch wel vreesde voor zijn veiligheid en welslagen, drong ik aan door te zeggen dat iemand die er geen geheim van maakte dat hij bastaard was, zonder een of meerdere beschermers achter zich te hebben, gedoemd was om ten onder te gaan.

'Het is zoiets als naakt en zonder water door de woestijn zwerven, ik zeg het je. Wil je gerespecteerd worden en succesvol zijn in wat je doet, dan is een beschermheer van het allergrootste belang.'

'Ach, misschien heb je wel gelijk,' zei hij, terwijl hij ineens opstond en onrustig heen en weer begon te lopen. 'Wie bepaalt eigenlijk of ik word toegelaten? Wat als ik níet word toegelaten? Wat als hij mij, of ik hem, gewoon niet mag?'

Twee dagen later gingen we naar de ambachtsrijke straat waar het hoofd van het barbiersgilde zijn werkruimte had, en waar ook de overige leden bijeenkwamen om hun zaken te bespreken. Akiel zag eruit als het kleine broertje van de prins, gestoken in een kleurrijke tuniek met veel te wijde mouwen die hij voor de gelegenheid van mij in bruikleen had gekregen. Zodra hij de excentrieke heren bijeen zag zitten, straalde zijn gezicht alsof hij een dierbare schare vrienden terugzag. Hoewel ik het hem had afgeraden, stelde hij zich ook nu op zijn gebruikelijke wijze aan de heren voor: 'Akiel. Bastaard. Barbier.' Hij kuste en omhelsde hen overdreven kameraadschappelijk, wat mij deed vermoeden dat de beste man slecht op zijn gemak was. De heren van het gilde waren gelukkig zo voorkomend om hun aandacht vooral op zijn lange, sierlijke vingers te richten; ze prezen hem erom. In de hoop dat mijn rust op de een of andere manier op hem zou afstralen, week ik geen moment van zijn zijde.

Er werd een plechtigheid georganiseerd en ten overstaan van de aanwezigen moest Akiel een formule uitspreken, waarin hij de gildemeester, een streng ogend Perzisch heerschap met geëpileerde wenkbrauwen, verzocht om het toegestane ambt. Deze sprak de formule in de naam van de godin Manaat uit, waarmee Akiel officieel tot broeder van het barbiersgilde werd verklaard. De Mekkanen van het meer verfijnde soort, de excentrieke ambachtslieden voorop, schiepen een onverhuld genoegen in het aanbidden van vrouwen. Manaat werd door hen als de meest dierbare van alle goden voorgesteld. Aldus werd de plechtigheid besloten. Het was tegelijk een teken voor de bediende van het huis om palmwijn te schenken.

De gemoedelijke, ongedwongen sfeer bracht een van de barbiers, een geit van een man met een vlassige sik en bloeddoorlopen ogen, terug op wat gepasseerd leek.

'Hoe komt het toch, beste Akiel, dat u trots bent op het feit een bastaard te zijn?'

Ik voelde meteen een onrust die ik lang niet gevoeld had.

Akiel zei dat hij niets van die strekking gezegd had.

'Je maakt er ook geen geheim van,' kaatste de gildemeester.

Gretig wierp de geit met de vlassige sik de vraag op hoe het dan kwam dat hij zijn vrouw en kind op een muildier liet zitten terwijl hij ernaast te voet ging. 'Je bent een man of je bent het niet,' vond hij.

Andermans gewoonten zijn een dankbaar onderwerp voor vermaak, dat is genoeglijk bekend. Ook nu barstte iedereen in lachen uit. Alleen Akiel, die niet begreep wat er zo lachwekkend aan was, keek schaapachtig om zich heen tot we uitgelachen waren, en zei: 'U lacht waar u zich zou moeten schamen, heren. Mekka puilt uit van de bastaards, is u dat niet opgevallen? En wat maakt het uit wie ik op mijn ezel laat zitten? Maak ik grappen over het feit dat u godinnen aanbidt?'

Er viel een ongemakkelijke stilte. Waar de een zijn vuile nagels begon te bestuderen, scheen het voor de ander ineens van het grootste belang om zijn wijnbeker aan een nauwgezette observatie te onderwerpen. Ik weet nog dat ik dacht: Bij Hoebal, ik moet redden wat er te redden valt! Dus bulderde ik: 'Akiel, vriend, dat ezeltje van jou is klaar met leven. Niemand zal nog naar rechtvaardigingen raden om van zijn afkeuring blijk te geven wanneer je een sterke, gezonde kameel tot je beschikking hebt. Sta mij alsjeblieft toe je een kameel aan te bieden.'

32

Verval is een mysterieus verschijnsel en dat blijkt steeds weer uit onze onmachtige pogingen het te keren. Na de dood van koning Kariba was het snel bergafwaarts gegaan met het Yemenitische land, dat hebben we gezien. Wat in de vallei van Adhana was begonnen, teisterde algauw het hele rijk. De bewondering die in alle ogen te lezen was geweest wanneer de mensen over 'het gelukkige Arabië' spraken, had plaatsgemaakt voor deernis. Nog was het einde van de ondergang niet in zicht.

Amr vluchtte naar het noorden en liet zijn ontredderde land, eens zo geroemd om de overvloed die er was, in erbarmelijke staat achter, overgeleverd aan de grillen van wrede, zich goden wanende heersers. Alsof een onzichtbare hand een steen had verplaatst en zij daaronder vandaan kwamen gekropen, blind en onnozel als de schorpioenen der aarde. Er was Shanaatir, die de gewoonte had om zijn onderdanen te schande te zetten nadat hij de brutaalste had laten ombrengen. Steeds beval hij een jongen naar zijn paviljoen, streek met zijn hand door hun haren, kuste de spieren van hun armen, liet speelziek zijn mannelijkheid wekken en deed dan zijn wil met hen. Er was Noewaas, die zich liet bijstaan door joodse schriftgeleerden die hem vertelden over Brahiem, over Moesa en over de Eindtijd. Maar er valt een opmerkelijke eigenaardigheid te ontdekken waar het de overdracht van wijsheid betreft: zodra het hart van de ouderdom wordt overgelaten aan de overmoed van nieuwlichters, spreidt waanzin haar vlerken en wordt de wereld in duisternis gehuld. Waar koning Kariba tot het geloof van de joden was overgegaan om geen partij te hoeven kiezen in de Byzantijns-Perzische oorlogen, leek Noewaas de Thora slechts aan te wenden om de christenen te vervolgen. Hij was een van trots en zelfzucht blind man, die alle christenen wantrouwde en zelfs haatte uit vrees dat ze tegen hem zouden opstaan. Aan de horizon staken kegelvormige bergen spitse, bloederige vingers uit; even bloederig was de regen die uit de hemel naar beneden viel.

Slechts één notabele wist te ontkomen. Hij reed dag en nacht door en liet de uitgeputte paarden zo nodig aan de kant van de weg staan om zo snel mogelijk Constantinopel te bereiken, waar de keizer van de Byzantijnen zijn residentie had. Er waren weinig vorsten die de titel van keizer meer verdienden dan hij, Justinianus, dat was algemeen bekend. Onder het tonen van een deels verbrande Bijbel deed de gevluchte notabele uitgebreid verslag van het leed dat de christenen van Yemen was aangedaan, en bovendien dat het in opdracht van de Perzische koning was gedaan. Daarop schreef de keizer een brief aan zijn collega in Abessinië, koning Kaleb, die een trouwe bondgenoot van hem was. Zo stelde de een de ander op de hoogte van de feiten die hem door de vluchteling waren gemeld, en van het gevaar dat de Perzen mogelijkerwijs vormden voor de handel tussen Oost en West. Te allen tijde moest worden voorkomen dat de Perzen aan het langste eind zouden trekken in de Arabische zaak.

De vluchteling drong erop aan de brief hoogstpersoonlijk bij de koning in Aksoem te mogen bezorgen, en zo geschiedde.

Kaleb stond aan het hoofd van een trots rijk dat al honderden jaren de wereldzeeën bevoer. Nog niet zo heel lang geleden heersten de Abessijnen over tal van buurvolkeren en nog altijd stonden ze zich erop voor de eersten te zijn die het kruis van Christus op hun munten gebruikten. Hij had de naam een rechtvaardig en wijs man te zijn, maar hij moest ongemeen hard lachen toen hij de brief van keizer Justinianus onder ogen kreeg.

De Yemenitische vluchteling deed vastberaden enkele stappen dichterbij en zei: 'Hoe kunt u lachen terwijl op hetzelfde moment zo veel onschuldige christenen worden gedood? Lach niet en help ons, alstublieft!'

Kaleb zei: 'Snap je het dan niet? Er ís helemaal geen Arabische zaak. De keizer beschikt gewoonweg niet over voldoende manschappen. Zijn rijk wordt vanuit alle kanten bedreigd door barbaren, waardoor hij gedwongen wordt om zelfs vrede te sluiten met de Perzische aartsvijand. Daar komt bij dat jouw mooie land geen rijkdommen bezit die de inzet van een leger rechtvaardigen. Daarom is hij niet genegen om jou en je volk te helpen. Ik ken de keizer overigens lang genoeg om te weten waar zijn prioriteiten liggen. Weelde, beste man. De armen gaan eraan onderdoor, buitengewesten roeren zich, en hij blijft maar verspillen. Waar de Perzen absolute macht nastreven en de barbaren van de Arabische woestijn zich te buiten gaan aan lust en ontucht, hebben ze in Constantinopel oog voor maar één ding: rijkdom. Dat zeg ik niet alleen, dat zeggen alle historiografen. Ach, je bent zelf in Constantinopel geweest, je hebt gezien wat een jaloersmakende bouwwerken ze daar hebben. Maar je bent nu hier en niet daar, dus laat me je vertellen wat ik ga doen. Ik kan je alvast verklappen dat het de Yemenieten niet zal bevallen.'

Hij stuurde een leger van zeventigduizend man naar Yemen, aangevoerd door zijn trouwste en beste generaal, Aryaat. Deze was onvermoeibaar in het voor zijn mannen uit rennen om ze tot nog meer strijdlust aan te vuren. Geland aan de kust van Yemen, liet hij alle schepen verbranden, tegen zijn troepen riep hij: 'De zee ligt achter ons; wie zich daarheen wendt zal verdrinken, en wie voor de vijand vlucht, zal door míjn hand worden weggemaaid. Dus vecht, plunder en verwoest, zodat men weet dat het bloed van christenen niet ongestraft vergoten wordt!' Aryaat en zijn leger van zeventigduizend doodden maar liefst een derde van de mannen en een derde van de vrouwen werd als krijgsgevangene naar Abessinië gestuurd, als antwoord op wat Noewaas de christenen had aangedaan.

33

Zoals het verleden ons op de hielen lijkt te zitten in de wijze waarop we onze ervaringen dragen, zo ligt hij tevens besloten in wat nog komen moet. Daarmee is nog niet gezegd dat de geschiedenis een eindeloze herhaling van dezelfde schade en schande betekent. Neen, dat zou slechts leugenachtig zijn. Ook zou de wereld er een hopeloze plek door zijn, terwijl het tegendeel waar is, want er is niets zo hoopvol als onze wereld en dat heeft alles te maken met onze ziel, die meer dan wat ook aan de hoop gehecht is.

Akiel was uit Yemen gevlucht toen Noewaas aan de macht kwam. Hij had niet afgewacht hoe het lot zou beschikken, maar direct het hoognodige bijeengepakt en op zijn ezeltje geladen, weg uit Nazjraan. Sindsdien trok hij met zijn gezin van plaats naar plaats. Eerst naar Hoebasja, daarna naar het bergstadje Taïf, op zoek naar een plek waar zijn dochter kon opgroeien en waar hij en zijn vrouw oud konden worden zonder voor hun leven te hoeven vrezen. Maar al vielen Hoebasja en Taïf niet onder het gezag van Noewaas, de mensen wantrouwden christenen om iets wat ooit door een van hen, Filmoen, zou zijn gedaan. Akiel maakte meerdere keren mee hoe geloofsgenoten met stenen werden bekogeld of van hun bezittingen werden beroofd wanneer ze iets te opzichtig met een kruis rondliepen, of een iets te grote zelfverzekerdheid aan de dag legden bij het verdedigen van hun geloof. Toen zocht Akiel zijn heil in Mekka, want hij had gehoord dat christenen hier niets te duchten hadden en in vrijheid hun geloof konden uitoefenen. Ach, hij wenste niet meer dan zijn werk en leven voort te kunnen zetten.

'Op een zorgeloze toekomst, beste vriend!' Ik had thee laten brengen en nu zaten we onder het genot van een geroosterd wevertje en kamelinnenmelk in de schaduw van Akiels nieuwe werkplaats. Hij wilde bij nader inzien toch liever niet bij het gilde en al de volgende dag liet hij zich (via mij) weer ontslaan. Hij wilde ook geen kameel van mij aannemen, want hij zwoer bij de ezel die hem al vele jaren trouw was. Wel stond hij dus toe dat ik hem een werkruimte bezorgde aan het hart van de Haram, een koele, vrijstaande ruimte met een groene deur en een raam die aan de achterkant uitkeek op twee jonge palmen. In eerste instantie wilde hij het pachten van mijn zoon Harith, maar op mijn aandringen kreeg hij het in bruikleen en hoefde hij dus niets van zijn inkomsten af te staan.

Ik vertelde dat ik was gevraagd om enkele stamgenoten te vergezellen naar Sjoeaïba. 'Het heeft te maken met een directe handelsverbinding tussen Mekka en de haven van Sjoeaïba die ze willen realiseren,' lichtte ik toe. 'Ze weten waarschijnlijk allang dat het mogelijk is, maar de heren willen denk ik zien wat er nog meer te halen valt.'

'Je gaat niet mee?' vroeg hij, terwijl hij een botje over zijn schouder uitspuugde.

'Ach, het zijn allemaal vastgoedhandelaren en geldschieters. Het enige waar ze om geven is het vergroten van winst en rijkdom. Ik heb niet zoveel met dat soort mensen.'

Akiel begreep het. Voorbeelden te over van handelssteden die door grootmachten waren ingelijfd, of uit pure afgunst in de as gelegd, zei hij. Toen de Byzantijnen de Nabateïsche stad Petra binnenvielen, had dit verstrekkende gevolgen voor de hele regio: vorstendommen vielen, steden liepen leeg, handelsroutes werden afgekapt, volkeren werden in het ongewisse nomadenleven gestort. 'Het is natuurlijk geen toeval dat in Judea een opstand uitbrak toen de Byzantijnen Ctesiphon veroverden. En toen de Perzen Hatra onderwierpen, bleef ook dat niet zonder rampzalige gevolgen.'

'Het enige wat onze overste daarover te zeggen heeft, is dat ze zich beter hadden moeten verdedigen tegen hun vijanden. Alsof Mekka zo'n vestingstad is!'

Akiel knikte. Het werd even stil en toen verscheen er een bezorgde blik op zijn gezicht.

'Is er iets?' vroeg ik.

'Ik wil mijn excuses aanbieden voor het feit dat ik je onheus heb bejegend.'

'Waar heb je het over? Maak je toch geen zorgen, ik weet echt nergens van.'

Hij schudde zijn hoofd. 'Weet je nog toen ik hier aankwam? Jij heette ons welkom en ik wilde je afwimpelen, weet je nog? Ik vertrouwde je niet. Dat was slecht van mij. Ieder mens verdient het om met de beste bedoelingen te worden bejegend.'

'Beste Akiel, laat het rusten!'

'Een mens zou zich hier niet hoeven wapenen.'

'Dit is Mekka, de enige plek op de wereld waar hemel en hel op elkaars lip zitten. Het is géén christelijk paradijs. Laat me dan toch jouw beschermer zijn als je onheil vreest! Je zult er echt geen spijt van krijgen, dat beloof ik je.'

'En leven als een bang schaap? Niets ervan. Het zou een miskenning zijn van alles wat mij is afgenomen. Nee, daarvoor heb ik mij niet laten wegjagen uit mijn land.'

De mensen lieten zich door Akiel knippen en besnijden, ongeacht of hij van het gilde was of niet. Vooral in de heilige maanden, de periode waarin de stad volliep met pelgrims, deed hij goede zaken. Minstens twee, drie avonden per week troffen we elkaar bij het halfronde muurtje achter de Ka'ba, bij de hizjr, en dan wandelden we met een karafje wijn in de hand de bergen in. Akiel wilde zich niet laten verwennen in een massagesalon en hij hield ook niet van het dobbelspel, maar een beetje palmwijn ging er altijd wel in. Eindpunt van onze wandeling was een bijzondere plek in de bergen, waar door een grote hoop van afgebroken steenmassa's een steile rotswand was gevormd. Zittend op het uiterste randje van de wand, gingen we op onze rug liggen, keken naar de wijde sterrenhemel en vielen een tijdje stil. Eenmaal in gesprek ging onze belangstelling vaak uit naar de gangen van de voorouders en de lessen die we daaruit moesten trekken, en dan botsten onze opvattingen en persoonlijke ervaringen.

Het was op een warme voorjaarsavond zonder een zuchtje wind, toen ik over de haniefen begon.

34

'Eindelijk!' Akiel bleef staan, geestdriftig keek hij me aan. Altijd als hij een discussie aanging, grijnsde hij van energie en goede zin. 'Ik ben reuzebenieuwd naar je gedachten over de haniefen. Ik heb namelijk al te veel onzin gehoord om te denken dat het geen betekenis mag hebben.'

Ik keek hem niet-begrijpend aan.

'Angst. Ik bedoel angst. Jullie Mekkanen zijn bang voor de haniefen en ik begrijp niet waarom. Het enige wat zij willen is een terugkeer naar de Smaïlitische tijd. Het is een verlangen naar zuiverheid, ze doen er verder niemand kwaad mee.'

'Weet je dan niet wat ze in de Ka'ba hebben gedaan? En niet alleen in de Ka'ba trouwens.'

'Dat zijn valse beschuldigingen. Zo is het ook gegaan in Nazjraan, weet je dat? Iedereen wist opeens heel zeker dat de christenen onbetrouwbaar waren.'

'De haniefen zíjn onbetrouwbaar. Ze vertellen de mensen dat de Ka'ba door Brahiem is gebouwd en dat de Zwarte Steen een geschenk van hem is! Ach, als we die barbaren zouden volgen in alles wat ze prediken, dan moeten we geloven dat hun god eerst Brahiem schiep en daarna pas Adam. Dat noemen zij prediken. Doorlopen, alsjeblieft, zo meteen wordt het donker en dan zien we niks meer!'

Akiel zei dat hij wel waardering had voor hun ideeën. 'Het zijn een soort zegels op de geest,' verklaarde hij.

Ik gaf eerlijk te kennen dat het me van hem tegenviel dat hij het voor hen opnam. Vond hij dan niet dat alles wat van waarde was, maar dan ook echt alles, een beeld verdiende? Al sloegen we het steen van de hele wereld aan gruzelementen, de beelden bleven.

'Een beeld is niets als het niets betekent,' sprak hij tegen. 'De haniefen willen verandering.'

'Ik vereer echt niet het materiaal waarvan het gemaakt is, als je dat soms denkt.'

'Jawel. Vlees, bloed, hout, steen, goud, zand, we vereren het allemaal. Om onszelf te verliezen. De ziel te bevrijden van wat het ook is dat hem gevangen houdt. Maar we deinzen terug wanneer we de afgrond zien die ons te wachten staat. En die we toch in volledig vertrouwen moeten overbruggen. Waar jij en ik oog hebben voor de betekenis achter het beeld, is het merendeel van de mensen daarvan verstoken. In een magische poging het eigen innerlijk roeren te temmen, proberen ze zich het object van hun hartstocht eigen te maken, met als gevolg dat ze zich verliezen in de ordinaire drang om te bezitten. Zo gaat het heel vaak.'

Akiel had gelijk, want ook mijn moeder had zich door niemand laten bezitten. Ze was daardoor voor velen een mysterie en dat was haar uiteindelijk fataal geworden. Toch was er iets in mij waardoor ik Akiels gelijk niet zag. We verschillen gewoon te veel van opvatting over wat waarheid is, veronderstelde ik. Het geweldig kloppende hart dat ons zou moeten verbinden, wordt overschreeuwd door het lawaai van onze intellectuele onenigheid. Maar het rare is dat Akiel degene was die het voor de haniefen opnam en niet ik, terwijl het op grond van onze opvattingen juist omgekeerd zou moeten zijn. Het waren de haniefen die het verleden aan elkaar logen, die tot waarheid verhieven wat verzonnen was en vice versa. Voor Akiel stond waarheid vast, en voor de haniefen en mij niet. Voor Akiel was waarheid overal, eeuwig en onveranderlijk, voor de haniefen en mij niet. Zelden komen dit soort zaken tot een botsing in de dagelijkse omgang van gewone mensen, maar bij ons gebeurde dat dus wel en ik haatte het. Ik haatte het, omdat ik het niet begreep.

Eindelijk kwamen we op onze plek aan. We gingen op het uiterste randje van de wand liggen en staarden naar boven. Zoals vaak wanneer mensen onder de indruk raken van iets wat ontzaglijk groot is, vielen wij stil.

35

Mekkaanse mannen verfoeien het om alleen te zijn en zoeken het gezelschap op van andere mannen zodra ze maar kunnen. Veel van hen trekken minstens één keer per jaar (als het kan liefst iedere maand) met een tent, vrienden en heel veel wijn de woestijn in, waar ze de nacht bij de Banoe Saad doorbrengen. Ik had jarenlang niets van deze groepsuitjes willen weten en daar had ik mijn redenen voor. Een van deze redenen was dat ik niets met de Mekkanen te maken wilde hebben, zoals ik eerder heb geschreven, maar later sloeg ik de uitjes vooral af omdat ik wist wat daar gebeurde. Ik kende de verhalen maar al te goed en ik had geen behoefte om erin te figureren. De verheven gevoelens die Halah in mij had losgemaakt, deden mij vanaf het allereerste moment beseffen wat een onnozele bedoening al het andere was.

Toen Akiel door een van zijn vaste klanten, een dichter, was gevraagd om hem en enkele anderen naar de Banoe Saad te vergezellen, stond hij erop dat ik meeging.

Ik moest hartelijk lachen en zei: 'Wat moet je daar?'

Ik kende hem als iemand die zich verre hield van dat soort dingen.

'Hoe bedoel je? Die dichter zegt dat de Banoe Saad een mooi land hebben.'

'Hij heeft gelijk. De Banoe Saad hebben een mooi land. De meeste van onze dadels komen van hun land. De Thakifieten vertrouwen zelfs hun kinderen aan hen toe, omdat ze in hun leefwijze een zuiverheid en waardigheid zien die wij stedelingen niet meer zouden kennen. Niets is zuiverder dan het zand van de woestijn, dat is een ding dat zeker is.' Toen zei ik: 'Weet je wat? Laten we maar gaan, ik ben eigenlijk wel benieuwd wat jij ervan vindt.'

Op de voorlaatste dag van die week gingen we, vijf man in totaal, bepakt en bezakt en in een opperbeste stemming. Het gebied lag ten oosten van Mekka, achter Oekaaz, wat per kameel een halve dag reizen was. We vertrokken in de ochtend om in de namiddag aan te komen, het tijdstip waarop de woestijnmens uit zijn tent tevoorschijn komt om in de schaduw te zitten. Akiel zorgde met zijn levensmoede ezel voor heel wat vertraging. Het maakte hem tot een geliefd doelwit voor onze grappen en grollen. Intussen zagen we verwachtingsvol uit naar wat komen ging. Ook stopten we onderweg nog bij een waterplaats om granaatappels te plukken, die we zouden uitdelen aan de kinderen van de Banoe Saad. Pas tegen zonsondergang bereikten we onze bestemming.

Helaas bleek Akiel helemaal niets te weten van de gewoonte van de Banoe Saad om hun vrouwen aan te bieden; hij kon het niet geloven en wilde meteen weer weg.

'Ik dacht dat je het wist,' zei ik.

'Dit is ontucht!'

Ik legde uit dat veel van de behoeften die stedelingen hadden, bij de bedoeïenen een sluimerend bestaan kenden. Dat was natuurlijk iets anders dan dat ze die behoeften helemaal niet zouden hebben. 'Ze zien met lede ogen aan hoe hun jongeren naar de stad trekken en niet terugkomen, terwijl de vruchtbare vrouwen kinderloos achterblijven. Het is echt een probleem voor ze. Door hun vrouwen aan te bieden, houden ze zich staande...'

'Bij Hem in wiens hand mijn leven is, dat doe ik niet!'

'De Banoe Saad zijn lieve mensen. Je wordt heus niet gedwongen om iets te doen wat tegen je zin is.'

'En jij?'

'Ik ben hier om jou te vergezellen en verder niets.'

'Wat doen we hier dan nog?' hield hij aan.

Ik zei dat we er maar het beste van moesten maken, nu we er toch waren.

Na het gebruiken van de avondmaaltijd leunden we achterover en strekten de benen, terwijl onze dichter scabreuze rijmpjes voordroeg. Zoals deze: 'Geen and're vagijn in mijn tent/ dan die van een roodharige/ op de vlucht voor haar vent/ Liefste o liefste, mijn liefde voor jou zal niet verdwijnen/ Zolang die rode gloed/ maar door je kroes blijft schijnen.' En deze: 'Geen genot zo zoet/ als een jonge slavin/ die weet hoe het moet/ Die ziet mijn forse pik al van veraf/ Maar al ben ik beter dan de bruut die over haar beschikt/ Mijn roede is voor haar een nog zwaardere straf.' Hij wist er nog veel meer, de ene nog platvloerser dan de andere, maar die laat ik nu even achterwege.

Toen kwamen de tamboerijn en de ratel tevoorschijn. De vreugde was compleet toen onze dichter een schalmei bij zich bleek te hebben, die hij ook nog eens volmaakt wist te bespelen. We dansten met de vrouwen, dronken en werden vrolijk. Ik keek steeds minder naar het gezicht van Akiel om te raden naar wat hij dacht, die het bij thee hield en er zoveel van dronk dat hij om de haverklap, nog vaker dan ik, naar buiten moest om te wateren. Terwijl ik mij volledig liet gaan, aanschouwde hij alles slechts licht geamuseerd. Wel wist hij zo nu en dan uit het niets de aandacht naar zich toe te trekken met het vertellen van flauwe onzin. 'Ik zal jullie vertellen wat een hermafrodiet is,' begon hij op een gegeven ogenblik. We gingen er goed voor zitten en luisterden aandachtig. Zijn verhaal ging over een beroemde waarzegster in Syrië, die op een dag zou zijn bezocht door lieden die vergezeld werden door een hermafrodiet. Dit ongekende schepsel vormde de spil in een even ongekende vraag, namelijk: hebben we te maken met een kind, een vrouw of een man? Zijn verzorgers wilden de hoogte kunnen bepalen van hun nalatenschap. Kinderen kregen nu eenmaal minder dan volwassenen en vrouwen minder dan mannen. De waarzegster constateerde inderdaad een kind, want het was slechts elf jaar; maar het kon niet worden ontkend dat het schepsel ook begiftigd was met de borsten van een rijpe vrouw en het forse geslacht van een welgeschapen man. 'De waarzegster heeft nog nooit zo'n zware zaak ter hand genomen,' grapte Akiel. Dag en nacht beschouwde ze het vraagstuk van alle kanten, zonder enig resultaat. Maar toen kreeg ze een ingeving. Ze vroeg de hermafrodiet om te urineren. Toen ze zag dat het staand gebeurde, zoals mannen dat deden, wist ze dat ze met een man te maken had.

Het moet gezegd, er viel veel te steggelen over Akiels verhaal. Toch moesten we er hard om lachen, omdat het zo volmaakt idioot was. Alleen de dichter, in een poging scherpzinnig te zijn en kennelijk onwetend over het feit dat Akiel zelf christen was, zei: 'Dat is stellig een ridiculisering van de goddelijke drie-eenheid van de christenen wat je daar vertelt, beste Akiel! Of niet soms?'

Akiel grijnsde slechts.

'Ach, wij zijn gewoon dronken en Akiel niet,' zei ik. 'Gesteld dat het verhaal een ridiculisering is van iets, dan wel van onze beschonken toestand.' Intussen onderhield ik mij met een jonge vrouw. Ze schoof steeds dichter tegen me aan en het wond mij vreselijk op te bemerken dat ze dat zo onopvallend mogelijk deed; aldoor zocht ze niet één keer mijn blik. Maar ze raadde feilloos mijn gedachten toen ze in mijn oor fluisterde: 'Zullen we ons afzonderen?'

Mijn vlees smachtte naar haar vlees, in gedachten gleed ik reeds in haar warme holte en ik gromde 'ja'.

Ze hielp me overeind en ik sloeg een arm om haar heen. Met mijn andere hand graaide ik wellustig naar haar borsten.

Ze was bezig mij te ontkleden toen Akiel binnen-
stormde. Hij verzocht haar vriendelijk maar zonder veel
omwegen om weg te gaan.

'Ben je zijn vader soms?' schamperde ze.

'Zijn beschermheer,' smaalde hij.

Mijn benevelde hoofd maakte mij wijs dat hij me uit-
lachte. Direct nam mijn gekrenkte trots het van de begeerte over en ik voer flink tegen hem uit, waarbij ik in
ieder geval niet heb nagelaten om de volstrekt eerbare
bedoelingen van mijn vriend te miskennen, door hem
persoonlijk aan te vallen en te beledigen. Ik noemde
hem een tamme ezel met wie niets te beleven viel, een
praatzieke vrouw die niet eens wist wat een moeite ik
mij getroostte om hem te beschermen, en nóg verkeerde meneertje barbiertje in de gevaarlijke domheid dat
hij dat alles niet nodig had. 'Nogal wiedes dat je overal
wordt weggejaagd. Wees toch 's een vent!' slingerde ik
hem ten slotte toe. Het is het laatste wat ik me van die
nacht herinner. Mijn ogen draaiden weg, toen volgde
mijn hoofd en daarna mijn lijf – zo viel ik achterover in
een droomloze, ondoordringbare slaap tot het middag-
uur van de volgende dag. Akiel was toen al vertrokken,
alleen.

36

Midden in de nacht werd er op de voordeur geklopt, hard en opdringerig. Het hele huis schrok wakker. Mijn huisbediende deed open. Of ik met spoed naar het voorportaal kon komen, Akiel stond voor de deur en het was dringend.

Alles of niets, zo was de levenshouding die Akiel eropna hield. Alsof hij deelnam aan een onzichtbaar, verheven duel. Ik had niet kunnen voorkomen dat zorgen mijn hart bedekten, in mijn ogen was het onverstandig dat hij rust en vrede in Mekka had gezocht zonder daarbij de noodzakelijke zelfbescherming in acht te nemen. Welbeschouwd was het onredelijk, ronduit brutaal om onvoorwaardelijkheid te demonstreren tegenover een land dat je nauwelijks kende. Maar, dat moet gezegd, ik bewonderde hem er des te meer om; zijn principes en dromen waren met hem en hij met hen, ongeacht zijn migratie uit Nazjraan en de gebeurtenissen die erop waren gevolgd.

'Als er iets is waar ik steeds weer van opschrik, dan is het wel onrecht,' had hij me op een dag toevertrouwd.

'Ik denk absoluut niet dat we er allemaal toe in staat zijn. Het boezemt mij alleen maar nog meer angst in te denken dat dat zo is. Noewaas is een door demonen bezeten despoot en een geboren leugenaar. De christenen een eenheid en Filmoen het christelijke gezicht? Pfff! Iedereen weet dat het niet zo is. En toch slaagde hij erin om met een agressieve campagne vol opgeklopte kruimelwaarheden tot één te smeden wat nooit één is geweest. We weten waartoe het heeft geleid, nietwaar? Onze bouwgronden, kerken en kloosters vernield, kudden in beslag genomen en daarna werden de poorten van de hel pas echt opengegooid. Onze vrouwen verkracht, mannen en kinderen meegenomen om als gijzelaars en slaven te dienen, of om op brute wijze te worden gedood. Hoe kan iemand zulke verschrikkingen relativeren en zeggen dat we er allemaal toe in staat zijn? Ik zou zoiets in ieder geval nooit doen, jij wel?'

Ik weet nog dat ik dacht: en de Abessijnse vergelding dan? Maar ik zei het niet, ik zweeg slechts. Het laatste wat ik wilde was een verongelijkte discussie over vernedering. Daar kwam bij dat ik me in mijn eigen leven ook niet onbetuigd had gelaten. Ach, ik was wel de allerlaatste om anderen de maat te nemen.

Daar stond hij nu, midden in de nacht. Berooid, verwilderd, trillend als een riet. Zwaar overstuur voer hij tegen mij uit, riep dat 'het' niet gebeurd zou zijn als ik niet de hele tijd zo 'verrekte beschermend' was geweest, dat hij mijn steun en vrijgevigheid altijd 'vreselijk neerbuigend' had gevonden en dat het ook andere mensen alleen maar 'afgunstig' maakte. 'Anders was er niets gebeurd,' zei hij. Daarna vervloekte hij driemaal de nacht, de vallei en alles inbegrepen. Sinds dat beschamende uitstapje naar de Banoe Saad had ik hem niet meer gezien.

'Ik snap het niet,' zei ik. 'Kalmeer wat, alsjeblieft! Wat is er precies met mijn vriend gebeurd dat je me op dit late tijdstip laat wekken en vervolgens zo ondankbaar tegen mij tekeergaat?'

'Kom!' zei hij. 'Je moet het met eigen ogen zien om het te kunnen geloven.'

Ik sloeg een mantel om en liep met veel tegenzin achter hem aan. Hij hinkte, zag ik, maar ik was te humeurig om er iets achter te zoeken. Stilte vergezelde ons. Beetje bij beetje verstilde mijn humeur en drong het tot mij door dat Akiel iets verschrikkelijks moest zijn overkomen, en dat zijn tirade niet zozeer tegen mij persoonlijk was gericht als wel tegen iets veel groters en abstracters, de wereld in het algemeen misschien.

'Wie heeft je dat aangedaan?' Ik wees naar zijn voet.

'Ze waren met z'n drieën.'

'Wie?'

'Die schurken natuurlijk. Ze hebben me uit mijn woning gehaald. Mijn vrouw, die huilend achter me aan rende, werd bij haar haren weer naar binnen gesleurd en stond doodsangsten uit. Onze dochter, die naar het dak was gerend, schreeuwde: "Papa! Papa, waar brengen ze je naartoe?" Ik zei dat ze weer naar binnen moest gaan om op mama te passen en dat ik gauw weer thuis zou zijn, maar ik geloofde zelf geen woord van wat ik zei. Zo werd ik meegenomen naar het plein en ik durfde aldoor niet links of rechts te kijken. Als verlamd staarde ik naar de grond, uit vrees dat ze me zouden doden. Een van hen trapte hard tegen mijn enkels, zodat ik onderuitging en het niet in mijn hoofd haalde om ervandoor te gaan. Ik moest toekijken hoe ze mijn spullen op straat gooiden en de boel vernielden. Toen ze klaar waren, renden ze weg via dezelfde route die we gekomen waren; en ik die op dat moment alle pijn vergat en alleen nog de veiligheid van mijn gezin voor ogen had, rende achter ze aan. Ik smeekte mijn Heer dat ze mijn huis zouden passeren, dat mijn gezin ongedeerd bleef. Godzijdank deden zij dat!'

Aangekomen op de onheilsplek sloeg Akiel dadelijk zijn handen voor het gezicht en barstte in huilen uit. 'Och, wie doet nou zoiets?' De werkruimte, die hij van mij in bruikleen had gekregen, was vernield. In de muren zaten flinke gaten en de deur was eruit geramd.

'Heb je echt niet gezien wie het waren?' vroeg ik.

Hij schudde zijn hoofd. Toen zei hij: 'Ik denk dat de heren van het gilde hierachter zitten, wat denk jij?'

'Ik weet het niet,' zei ik. Maar ik dacht wel degelijk hetzelfde als hij. Het was een gewoonte van die gildeleden om, wanneer het om een concurrent ging die alleen stond, zo de boodschap over te brengen dat je niet ongestraft inkomsten kon genereren zonder dat zij daar zelf van meeprofiteerden.

Ik drukte Akiel op het hart dat hij zichzelf geen enkel

verwijt hoefde te maken. Uitgebreid sprak ik over de tegenstand die ik gedurende mijn leven in Mekka te verduren had gehad en ik vertelde het zo dat het leek alsof ik er trots op was.

Maar Akiel zei: 'Ik ben niet zoals jij, Moetalieb. Als een olijfwilg ben je, maar zo ben ik niet. Moet je me nou toch eens zien! Ik kan gewoon niet meer ophouden met trillen.'

Er verstreken enkele ogenblikken waarin we in stilte de schade opnamen, en keken welke spullen niet onherstelbaar beschadigd waren, om ze nog te kunnen gebruiken. Toen zei hij: 'Ik ben geen barbier van huis uit, weet je dat?'

'O?'

'Nee.'

'Wat was je dan?'

'Muntenslager.'

Ik wist niet wat ik zeggen moest.

'Ik meen het,' zei hij. 'Ik ben nog nooit in mijn leven barbier geweest, alleen hier. Maar had ik geweten dat Mekka vooral bezig zou zijn met het vullen van de schatkist, dan was ik denk ik muntenslager gebleven.'

Het fascineerde mij te zien dat er zulke mensen als Akiel bestonden. Zoiets verschrikkelijks meegemaakt en zich nog bekommeren om hoe hij zich beter dienstbaar had kunnen maken. Meer dan ooit voelde ik de behoefte hem te bekennen dat ik ook niet helemaal zuiver op de graat was, maar toen begreep ik wat hij eigenlijk zeggen wilde. Ik begreep dat ik weer iemand ging verliezen, en zweeg, omdat ik geloofde dat het beter was als hij zou vertrekken. Akiel was een bekwame verdediger van de haniefen. Nooit had ik een Mekkaan ontmoet die met openlijke achting en begrip sprak over hun leer, terwijl hij zelf geen hanief was. Ik heb hem erom geminacht. De moeilijkheid die ik met Akiel had, lag erin dat steeds wanneer ik door zijn ogen keek, mij die oude machteloze schaamte overviel een Mekkaan te zijn, terwijl ik die juist achter mij wenste en mijn stinkende best deed om trots te zijn. Omhels de arm die je niet kunt breken, en bid God opdat Hij hem breke, zegt een Aramees gezegde. Ik wilde mijn heilige land niet afvallen, hoewel ik diep vanbinnen wist dat ik er helemaal niet trots op was, en dat ik veel meer waardering had voor de ongecompliceerdheid en kinderlijke kwetsbaarheid van Akiel. Wij waren vaak conflicterende vrienden geweest, Akiel en ik, bepaald geen gelijkgestemde zielen. Toch waren wij verbonden door een verwantschap die dat alles verre oversteeg, die het bloed oversteeg.

Twee dagen later, terwijl iedereen nog bezig was te ontwaken, vertrok hij. Hij ging terug naar zijn eigen land, naar Yemen. Sinds het land onder de verantwoordelijkheid van de nagaasji stond, was iedereen weer welkom. Ik stuurde mijn zoon Hamza ten geleide mee, opdat hij veilig en wel zijn bestemming zou bereiken. Daar ging hij, Akiel de eerbare. Zijn verblijf in Mekka had nog geen jaar geduurd. Wij, heilige Mekkanen, hadden hem uitgelachen, afgeblaft, vernederd en weggejaagd. Zo was het en niet anders.

37

Jaar 5 voor de Olifant.

Het werd mij alleszins duidelijk hoe Mekka zijn dromen zocht te verwerkelijken. Ik had genoeg gezien om te weten dat het zo niet verder kon, en had behoefte aan een orde die meer behelsde dan het slachtofferen van kwetsbaarheid. Ik zocht naar een manier om mijn stamgenoten te corrigeren. Ik verfoeide hun hebzuchtige streken en plannenmakerij, die het slechtste in de mensen naar boven haalden. De ware schande lag niet in het feit dat er gebrek bestond, maar in het feit dat een materiële rijkdom werd geëist die al het andere verachtte. De verheerlijking van strijd en competitie had zijn magische uitwerking, om via het drijven van een concurrerende handel de oorlogen in de wereld te bezweren en zo de volkeren dichter bij elkaar te brengen, verloren. Waar was de gerechtigheid gebleven die, slechts een paar generaties terug, als een lichtende oerwaarde over Mekka had geschenen? Handel was tot onrecht en oorlog verworden, een moloch die alles opeiste wat een gemeenschap eeuwig maakte. Het kon geen toeval zijn dat mijn jeugdvriendin Hafsa haar vrouwelijkheid had gemeend te kunnen maskeren door als een vervaarlijke jongen over straat te gaan. Zelfs toen het van levensbelang was om hulp te vragen, had zij zich vastgebeten in haar rol van onkwetsbare. En het kon geen toeval zijn dat mijn oom Moetalieb zich gedwongen had gezien mij naar buiten toe als een knecht voor te stellen, in plaats van als de bastaard die ik was. Als knecht geniet je bescherming van een beschermheer, als bastaard ben je een schandvlek en heb je geen recht van bestaan. Het kon ook geen toeval zijn dat Akiel, die geen geheim had gemaakt van wie en wat hij was, al na een jaar weer wegging. We waren niet meer in staat een betamelijke houding in acht te nemen wanneer iemand zich kwetsbaar opstelde. We lachten nog liever de dood in het gezicht uit dan dat we onze kwetsbaarheid aanvaardden, maar eigenlijk wisten we er geen raad mee.

Fatima vreesde het onheil dat ik over ons huis zou afroepen. Ze bleef maar nee schudden met haar iets te grote ronde hoofd, jammerde dat met de goden niet te onderhandelen viel en verweet mij dat wat ik wilde doen alleen maar in ere werd gehouden door eerzuchtige lui die zichzelf – en altijd ten koste van anderen – wilden begunstigen.

'Wil je mijn kinderen offeren voor een bestuurlijk ambt? Wil je wraak? Waarom doe je het?'

'Je begrijpt het toch niet,' zei ik.

'Ik zal niet toestaan dat je mijn kinderen ook maar een haar krenkt.'

'Het zijn niet alleen jouw kinderen.'

De reden dat ik zo tegen haar deed, was dat ik nog nooit genegenheid of achting voor haar had gevoeld. Zij had mij kinderen geschonken, wat haar in de gelegenheid had gesteld om een moeder te zijn, en verder dan dat had onze onderlinge betrokkenheid helaas niet gereikt. Nooit was er spanning, ruzie of verzoening geweest. Wanneer we het bed deelden, dan passeerden slechts plichtplegingen en geen lust, geen passie, geen intimiteit. Zelfs nu ik een sterk vermoeden had dat wat ik wilde doen een van haar kinderen zou betreffen, omdat ik wist dat het altijd de zwakkeren en kwetsbaren waren die het moesten ontgelden, had ik niet de wil om meer tederheid op te brengen voor haar zorgen.

Anders was het met Halah, mijn geliefde en allerliefste Halah, de enige die mij nog bij mijn oorspronkelijke naam noemde. Bij haar voelde ik me altijd zo verrekte kwetsbaar, en haar durfde ik dingen toe te vertrouwen die ik aan niemand anders durfde te vertellen. Haar ogen glommen van blijdschap toen ik haar kamer binnenkwam. Ze veerde meteen op uit het grote bed, als een tot leven gewekte godin. Ze nam mijn gezicht tussen haar handen, bracht het tot vlak voor haar knipperende ogen en zei: 'Ik weet dat ik niet te veel mag vragen, maar het is niet eerlijk dat jouw andere vrouwen evenveel recht hebben op jou, terwijl ze niet zoveel om jou geven als ik.' Ze keek me diep in de ogen en glimlachte alsof ze van binnenuit verlicht werd. Plots verkleurde ze.

Ik wist waar ze aan dacht, maar ik zei: 'Ik moet je iets vertellen, liefste.' En met ieder woord dat ik zei, verdween het licht uit haar ogen. Ten slotte wendde ze zich van me af en ging voor het raam staan. Het maakte me onzeker. Ik had het gevoel dat er een luik was dichtgegaan, dat ik stikte, en raakte in paniek. 'Het geweten van de stad moet zijn verplichtingen kennen,' zei ik. 'Hoebal mag dan in naam heersen, verheven is alleen de Allerhoogste.'

Zonder om te kijken, zei ze: 'Ik ben bang voor die allerhoogste van jou.'

'Dan geloof je dus in zijn macht!' hapte ik, radeloos.

'Ik ben bang voor hem om wat hij met jou doet, Sjaïba. Alles en iedereen moet wijken voor die dromen van je.'

Woedend stoof ik de kamer uit, nam de trap met drie treden tegelijk, joeg de scharrelkippen in het voorportaal de stuipen op het lijf en trok de deur hard achter me dicht. Hitte, ondraaglijk als de hel, sloeg in mijn gezicht. Ik trok mijn mantel over mij heen, vluchtte een zijsteeg in, en bleef rennen tot voorbij het huis van de oude Yoedaan. Op de hoek van Yoetham en Ghatafaan ging ik rechtsaf en bleef staan. Ik keek omhoog en zag hoe een ondoordringbare deken van wolken de hemel verduisterde, de vallei als met de damp van een heetwaterbron vulde. Een oorverdovend gesis ging op van het zand en stof dat op de daken viel en langs de muren schuurde.

Halah had geen ongelijk. Ik was een man met een sterke wil. Daar getuigden mijn dromen van. Hazar en Smaïl hadden ondanks de harteloze bejegening die ze op hun pad ontmoetten toch doorgezet. Uiteindelijk vonden ze de zuiverheid waarnaar ze op zoek waren. Als dat geen blijk van wilskracht was, dan was niets het. Diezelfde wilskracht stroomde ook door míjn aderen. Maar de ironie wilde dat ik mij dit pas daar, met een overmachtige zandstorm die overtrok, realiseerde.

Zittend op mijn hurken, de mantel over mij heen getrokken, wachtte ik tot de stofwolken waren overgetrokken. Het eerste wat ik vervolgens deed was mijn verontschuldigingen aanbieden aan Halah, vanwege de angst die ik haar bezorgd had, zodat alles weer goed was tussen ons. De liefde is een meesteres die gehoorzaamd moet worden, dat is bekend.

Maar ik was koppig en de liefde kon heus wel tegen een stootje. Een paar dagen later riep ik al mijn zoons bijeen. Daar stonden we dan: twaalf zoons en een vader, in een slordige cirkel op de binnenplaats. 'Laten we dit alsjeblieft niet zien als een opgave waartegen opgezien moet worden, maar als een heuglijke gebeurtenis,' begon ik al bij voorbaat te bezweren. Pas daarna legde ik uit waarom ik ze bijeengeroepen had. Ik zei dat ik een offer wilde brengen, een groot offer, en dat ik hen daarbij nodig had. Ik zei er niet bij welk offer, om ze niet af te schrikken.

Het liep uit op een groot misverstand.

Harith gebruikte zoals gewoonlijk geen woorden, maar snelde op mij toe, greep me bij mijn baard en begon eraan te sjorren alsof ik niet zijn vader was. Ik liet mijn vlakke hand hard op zijn schedel neerkomen. Vuil keek hij me aan, draaide zich om en stoof weg.

De lichtvaardigste van mijn zonen, Abbaas, lachte spottend. Meer deed hij niet, hij lachte alleen.

Mijn dappere Hamza, temmer van oryxen en leeuwen, keek mij lang en onbewogen aan. Ik zou zweren dat ik ook iets van fascinatie in zijn ogen zag glinsteren. Begreep hij misschien wat ik wilde bereiken? Hem kennende, bezat hij het inzicht en ook de moed om te doen wat gedaan moest worden, en in dat geval ging hij een gevecht niet uit de weg. Echter, toen hij zwaarmoedig zijn voorhoofd begon te masseren en zonder omkijken vertrok, wist ik niet meer zo zeker of het wel fascinatie was wat ik in zijn ogen had zien glinsteren. Bij velen zou het masseren van het eigen voorhoofd misschien niet van betekenis zijn, maar bij hem was het veelzeggend, want hij was geen zwaarmoedig mens.

Dan Zoebier, de verstandigste van mijn zonen: na mij erop te wijzen dat ik zijn vader niet meer kon zijn, rende hij van huis weg, Harith achterna. Alleen mijn jongste, de zwijgzame en onpeilbare Abdallah, bleef in een hoek zitten huilen.

Na mijn bediende eropuit te hebben gestuurd om mijn zoons weer terug te brengen, stond ik opnieuw oog in oog met ze. Dit keer benadrukte ik het feit dat ik hun vader was, aan wie zij gehoorzaamheid verschuldigd waren.

De verontwaardigde blikken van zijn broers trotserend, formuleerde Zoebier: 'Ik denk dat ik namens iedereen hier spreek als ik zeg dat we u niet meer snappen, baba. Wat is dit voor theater? Klopt het dat u de god van de haniefen aanhangt en niet onze stamgod Hoebal?'

Hij dacht dat ik geroepen was door de god van de haniefen, Al-Llaah, om een zoon te offeren. Misschien was ik wel geroepen, maar niet om een zoon te offeren. Dat was dus het grote misverstand. Ik moest nu maar gewoon zeggen waar het op stond, om alle misverstanden die nog meer op de loer lagen te voorkomen. En dit is wat ik zei: 'Jullie vader moet en zal publiekelijk afstand doen van de gebruiken van zijn stam, zijn voorouders en van Hoebal. Er is geen andere uitweg. Om in weerwil van het gangbare af te wijken, is de mens ertoe gedwongen goden te trotseren. Geloof me, mijn hart zal echt niet juichen als jullie besluiten om mij in deze te steunen, zoals ik van jullie verlang. Ik ben ook bang, natuurlijk, want ik weet niet welke krachten het gaat losmaken. Ik weet slechts dat ik het niet alleen wil doen, en ik hoop echt dat ik jullie aan mijn zijde weet.'

Hamza, de broer naar wie iedereen opkeek, nam het woord: 'Ik spreek namens niemand, behalve mijzelf. Alleen voor mij moet ik kiezen en alleen voor mij moet ik verwerpen. U vroeg eerst om vertrouwen en dat heb ik toen afgewezen, nu dwingt u mij tot gehoorzaamheid en ik zal u gehoorzamen.' Hij vermeed de blikken van zijn broeders, daarna vertrok hij.

Met Hamza aan mijn zijde konden mijn andere zoons niet achterwege blijven.

38

Ze moesten zeven veerloze pijlen nemen, daarop hun naam laten schrijven door een dienaar van de opperpriester en ze dan eigenhandig in een koker van kamelenleer doen. Daarna moesten ze voor Hoebals aangezicht verschijnen, waar een andere priesterlijke dienaar gereed stond om uit de koker willekeurig zeven pijlen te nemen, die hij over een stenen tafel uitwierp. De naam die het meeste viel, was het offer dat Hoebal tot zich wenste. Zo waren de regels van het lot. Verknocht aan het gedrochtelijke steen van zijn orakelgod, aan zijn invloed en aanzien onder de Mekkanen, zou Ibn Zjaahil het nooit laten gebeuren dat zij hun angst voor Hoebal opgaven. Al waren er die niet in zijn kennis en macht geloofden, zij huiverden heel wel bij de versteende aanblik van Hoebal; en zij die aan Hoebal geen macht toekenden, durfden toch niet met hun twijfels naar buiten te komen uit vrees dat het hun zaken schaadde.

Het offer dat Hoebal tot zich wenste, was Abdallah. Zijn naam viel driemaal. Verrast was ik allerminst.

Abdallah bezweek niet, hij vertrok geen spier en

bleef staan als een beeld, als een van de honderden beelden die daar stonden. Onbeweeglijk. Doods.

Wie bezweek, was Harith. Hij kwam al op me af gerend, maar werd door Hamza gauw naar buiten gesleurd, waar hij zijn protest ten hemel schreide.

'Dit is een belangrijk moment,' zei Ibn Zjaahil, terwijl hij met ogen vol toewijding naar het offermes in zijn handen staarde. 'Mekka is een toevluchtsoord voor hen die de weg van vrede bewandelen. Wij hebben geen verdedigingsmuren en geen soldaten, wij hebben onze goden. Zij beschermen ons en in ruil daarvoor eren wij hen met ons dierbaarste bezit. De weg van vrede is geen gemakkelijke. Zouden wij niettemin nalatig zijn, dan worden wij door onze vijanden onder de voet gelopen, en stort rampspoed en verderf op ons neer. Voorwaar, het zou ons einde zijn. Met dit offer, uw jongste zoon, bezegelt u de gebruiken van hen die ons zijn voorgegaan. Want de voorvaderen zijn heilig.' Hij pauzeerde een kort ogenblik en hernam toen met overduidelijke stemverheffing: 'Hierbij verzoek ik u, vader en zoon, beiden naar buiten te gaan en voor het aangezicht van Hoebal, voor het aangezicht van Isaaf en Naïla, voor het aangezicht van heel Mekka uw eerbiedwaardige plicht te voldoen!'

Ik bleef waar ik was. Met Abdallahs schouders ingeklemd tussen mijn handen, dwong ik hem hetzelfde te doen. Vanbinnen verzamelde ik woede, wapende ik mezelf met de grootst mogelijke minachting. Ik keek naar de reusachtige, dreigende beeltenis van Hoebal, zijn blik

die nooit verzachtte. Ik kon die bewerkte blik van on-
buigzaamheid niet uitstaan. Het verspilde bloed dat hij
zo onbarmhartig van de mensen eiste en niet verant-
woordde, had zijn kille gesteente nooit tot leven gewekt.

'Gooi nog eens!' Mijn bevende stem weergalmde
door het stenen inwendige van de tempel.

Ibn Zjaahil stamelde, zijn tong dwaalde tussen de res-
tanten van wat eens een gebit was geweest.

'Gooi!'

Hij begon te dreigen: 'Waarheidsvinding is geen spelletje, dat merken we allemaal als Hoebal zijn toorn over
ons uitstort!'

'Gooi!'

'Bij Hoebal, wat wilt u hiermee toch bereiken?'

'Het leven van mijn zoon staat op het spel, wichelaar.
Ik wil weten of Hoebals wil even bestendig is als het
steen waaruit we hem hebben opgetrokken. Als Hoebal
zo ijverig is om zijn gelovigen aan hun sterfelijkheid te
herinneren, dan moet hij zelf ook herinnerd worden aan
het bloed dat in zijn naam geofferd is en verantwoording afleggen over de verdienste ervan. Ik wil weten
wat Hoebal hierop te zeggen heeft. Gooi!'

Ibn Zjaahil schudde beheerst zijn hoofd en zei: 'U
weet heel goed dat het zo niet werkt. Wij zijn te min om
met de goden te onderhandelen. Geen mens ontloopt
zijn lot.'

Ik zei dat ik ook niet anders deed dan wat ik móest
doen.

Zover had het leven mij gebracht toen er zesenveertig jaren verstreken waren vanaf het moment dat ik in Mekka kwam te wonen, dat wil zeggen vierenvijftig jaar.

39

Vier jaar later liepen we onder de zuidoostelijke Poort van de Vrede door, Abdallah en ik, op weg naar Wahab. Het was een snikhete dag in de zesde maand van het jaar 1 voor de Olifant.

'Wat heb je daar?' vroeg ik, verwijzend naar het ding dat hij in zijn rechterhand hield, eroverheen een doek van geweven stof gedrapeerd.

'Een kooitje, baba, met een vogeltje erin. Ik heb hem zelf gevangen. Voor Amina.'

Een gazelle van een vrouw merkte mijn zoon op en deed alsof ze hem begeerde. Demonstratief zwaaiend met het zilver en goud om haar blote onderarmen trachtte ze hem te verleiden. Ik schonk er geen aandacht aan en met een ruk aan zijn arm gebaarde ik Abdallah hetzelfde te doen.

'Wat voor vogeltje?' vroeg ik.

'Een zwaluw.'

'Een zwaluw?' Het verbaasde me te horen dat hij zijn aanstaande bruid wilde verrassen met een zwaluw. Nog meer verwonderde het me dat hij het had gepresteerd om zo'n schichtig en ongrijpbaar beestje überhaupt te vangen. 'Zonet wilde je niet eens meegaan en nu heb je een zwaluw voor haar gevangen?'

'Ik heb niet gezegd dat ik niet mee wilde, baba. Ik vind het gewoon niet leuk dat ik naar haar toe moet, dat is alles.'

'Wil je dan liever dat zij naar jou toe komt?'

Hij haalde zijn schouders op.

Ik maakte me zorgen om hem. Besnord was hij al, en toch zo groen als een palmblad. Hij was mijn zoon, de zoon van een woestijnman, maar hij was geen zoon van de woestijn. De geur van kamelen maakte hem misselijk en het vet van hun bult, een delicatesse, bezorgde hem nare dromen. Ik liet al mijn kinderen deelnemen in mijn werkzaamheden: de een begeleidde me op mijn karavaanreizen, de ander verpachtte woonruimte, nog een ander had ik belast met het drenken van de dieren – voor Abdallah had ik bedacht dat hij iedere ochtend de kippen zou voeren, maar hij deed het niet. Wat ik hem ook aanbood te doen, hij knikte altijd keurig, braaf en instemmend, maar deed het dan toch niet. Hij sprak slecht en hulde zich in stilzwijgen om niet uitgelachen te worden. Ik wilde graag dat hij trouwde, om een man van hem te maken, maar om zo'n knul staan de meisjes niet te dringen. Het was zijn moeder, Fatima, die zei dat ze een geschikte meid voor hem had. 'Een dochter van Wahab, je kent haar wel. Ik denk dat zij een goede uitwerking op hem zal hebben.'

Dit is wat ik Wahab en zijn vrouw schonk: een drietal kamelen, met zadel en al; Palmyreense damastzijde; vijf kunstig versierde waterkruiken uit China en nog eens tien drinkschotels gemaakt van het beste messing, met daarop mooie verzen van de dichter der dichters, Imroe-l-Kais. Aan de bruid schonk ik twee amuletten, een van zilver en een van goud, beide kunstig versierd door de beste smeder van Gaza. Op haar tere wangen verscheen een roodgloeiende blos toen Abdallah haar schuchter maar welbewust het kooitje met de zwaluw schonk.

Het feestmaal volgde enkele dagen later. Er stond een banket waar de genodigden wel vijf dagen van konden eten, als ze dat wensten. Het voorportaal was verschoond van de kippenstront en bedekt met een tapijt dat was geweven met gouddraad. Overal brandden kaarsen van amber. Er werden zwaarddansen opgevoerd, gelegenheidsdichters bezongen het paar in kostelijke kwatrijnen, danseressen met glimmende kettinkjes en belletjes brachten de mannen volop in vervoering, moeders (en zelfs enkele grootmoeders!) dansten mee. Mee te maken hoe mijn jongste een man werd, zichzelf eindelijk kranig hield bij het converseren met andere mannen, zo nu en dan zelfs met ze lachte, stemde me gelukkig. Ik liet een tiental muilezelvrachten hout aanrukken en richtte buiten op een open plek in de buurt een groot vreugdevuur aan, iedereen mocht meedoen. We hadden er plezier in het hout in vlammen te zien opgaan en koesterden ons in het licht dat van het knetterende vreugdevuur afstraalde. Zo dansten en dronken en zongen we van vreugde, de hele nacht door. Wat

moet een mens nog meer doen om het onheil te bezweren?

Na het feest betrok het echtpaar een bescheiden op-
trekje dat van een onlangs overleden weduwnaar was
geweest, ene Ibn Yoesoef. Ik had het voor hen gekocht,
maar ze stonden erop om het van mij te pachten. Dat gaf
mij hoop. Het was een teken dat ze eerzaam in het leven
wilden staan. En toen we een paar maanden later het
heuglijke bericht kregen dat Amina in verwachting was,
konden we ons geluk niet op. Ik rende naar buiten, de
straat op, en juichte met ten hemel geheven armen. Ik
smeekte de mensen om blij te zijn, voor mijn zoon en
zijn vrouw en hun nakomelingen, opdat hun geluk blij-
vend zou zijn.

Het was een koude nacht, zo'n drie volle manen na
het huwelijksfeest, die aan de droom een einde maakte.

40

Ik werd gewekt door mijn volle blaas. Begeleid door het licht van een olielamp liep ik naar buiten, waar ik mijn behoefte deed. Ik bleef er een poosje staan, starend naar de sterren, snoof de frisse nachtlucht diep in alvorens ik aanstalten maakte om naar binnen te gaan, toen mijn pas plots onderbroken werd door een kameel. Ik zag meteen dat het een van mijn dieren was en hield mijn olielamp op ooghoogte om me ervan te vergewissen dat het mijn zoon was die erop zat.

'Waar ga je heen met mijn kameel? Is het niet een beetje laat om te reizen?'

Hij zweeg.

'Abdallah?'

Kregelig antwoordde hij: 'Ik kan niet in Mekka blijven.'

'Hoezo niet, wat is er gebeurd? Abdallah, ik vraag je wat. Wat is er dan gebeurd dat je niet in Mekka kunt blijven?'

Hij zweeg.

'Je kunt echt niet zomaar weggaan. Geen man laat zijn zwangere vrouw zomaar in de steek!'

Zwijgend staarde hij voor zich uit.

'Waar wil je dan heen? En wanneer denk je terug te komen? Vertel mij dat of neem dan ten minste eerst afscheid voordat je weggaat, alsjeblieft. Wat bezielt je toch?'

'Het is het beste als ik in stilte vertrek, baba,' volstond hij, nog steeds voor zich uit starend. Zo voorkwam hij dat ik iets uit zijn gezicht zou kunnen lezen wat hij juist verborgen wilde houden, twijfel of een gekrenkte trots.

'Kijk me aan,' zei ik, 'dat is het minste wat je kunt doen. Je hebt stiekem een van mijn dieren genomen en in het holst van de nacht denk je ertussenuit te knijpen. Zo gaan dieven te werk, jongen. Ben jij een dief soms? Nou? Denk maar niet dat ik achter je aan kom om je te zoeken als je in de woestijn verdwaalt. Je zult er alleen voor staan, weet je dat? Je zult omkomen van de dorst, van de hitte en de droogte.'

Het mocht niet baten. Uiteindelijk staakte ik mijn pogingen om tot hem door te dringen en hem tot openhartigheid te bewegen. Ik overwoog mijn kameel terug te vragen. Dat zou hem goed bij zichzelf te rade doen gaan. Even schoot het zelfs door mijn hoofd om hem ervanaf te trekken en hem mee naar binnen te sleuren, op te sluiten desnoods. Maar ik liet het. Het interesseerde hem waarschijnlijk allemaal niets wat ik zei en deed, hij had toch al besloten. Al hield ik hem op tot de volgende dag, de volgende week of de volgende maand, hij zou zijn voornemen om te vertrekken hoe dan ook tot uitvoering brengen zodra hij daartoe de kans zag. Ik kreeg het afschuwelijke gevoel dat hij zichzelf als halfdood beschouwde door wat ik hem had laten doormaken, en dat hij alleen nog deze nachtelijke vlucht moest maken om er helemaal vanaf te zijn. Toen verdween hij.

Zijn moeder Fatima, die de noodlottige toorn van Hoebal vermoedde, zei: 'Zie je nu wat ervan komt? Met de goden valt niet te onderhandelen, ik heb het je nog zo gezegd. Je denkt toch zeker niet dat hij zich alleen kan redden in de woestijn? Dit betekent maar één ding, Moetalieb, en je weet wat ik bedoel.'

'Wie zegt dat hij alleen is?' zei ik.

De jonge, zwangere Amina huilde: 'Och, arme! Waarom moest hij ook zo nodig weg?' Ze rukte zich zowat de haren van het hoofd en verzonk in een grote troosteloosheid.

41

We zagen Abdallah niet meer terug. Machteloos hoopte
ik hem ergens in een van de vele plaatsen die ik op mijn
reizen aandeed tegen het lijf te lopen. Er was geen dag
dat ik niet aan hem dacht. Ik stelde mij hem voor als een
verlegen, vergeestelijkt man die wanneer hij onder de
mensen was slechts zwijgzaam toekeek en luisterde, om
dan ineens geestig en met een onalledaagse opmerking
uit zijn schulp te kruipen. Want zoals ik hem toen op
zijn bruiloft had gezien, herinnerde ik mij hem het liefst.
Maar even zo vaak maakte ik mezelf verwijten. Wat als
het mijn schuld was? Wat als ik hem niet had uitgehuwelijkt, of als ik hem had uitgehuwelijkt aan een andere
vrouw? Wat als ik, in mijn verlangen om Hoebal te trotseren, het ongeluk over hem had afgeroepen? Wat als ik
hem die nacht wél van de kameel af had getrokken, om
hem ter plekke te bekennen dat hij mijn zoon was en dat
ik onvoorwaardelijk trots op hem was? Ik verweet mezelf dat ik alles en iedereen opzij had gezet voor mijn
Allerhoogste verlangen, hoewel ik nooit, maar dan ook
nooit mijn kwetsbaarste zoon had willen slachtofferen,
voor niets en niemand.

42

'Heer Moetalieb, heer Moetalieb!' klonk de kalme maar dringende stem van mijn huisknecht aan de deur.

Ik veegde de slaap uit mijn ogen en verhief me op mijn elleboog. Naast mij lag Halah, haar gezicht naar mij toe gedraaid. Ze ademde rustig en gelijkmatig met steeds een korte onderbreking tussen het uit- en inademen, alsof alles in haar heel even stilstond. Plots draaide ze zich op haar andere zij en sliep door.

'Heer Moetalieb!' klonk het weer, luider dit keer.

Aan het voorportaal zat, gehurkt tussen huisdieren, een bode te wachten. Hij was gestuurd door de raad van stamoudsten om mij naar het Huis van Koesay te leiden, waar op mij gewacht werd.

'Ik weet nergens van,' zei ik.

'Het enige wat ik weet, is dat de stamoudsten al de hele nacht bijeen zijn. Vraag me niet waarom.'

Ik sloeg mijn mantel om mijn schouders en liet de bode een paar stappen voor mij uit lopen. Via nog koele steegjes en poortjes kwamen we uit op het verlaten hart van de Haram, dat we schuin overstaken.

'Kijk daar!' De bode wees naar een grootvleugelig

dier dat over de grond scheerde. Geleidelijk aan steeg hij op, bleef gedurende een kort ogenblik aan de hemel hangen en vloog toen weg richting het westen.

'Was dat nou een zwarte reiger?'

'Die zien we hier niet vaak.'

'Voor wie de wereld pleegt te doorgronden met het lezen en interpreteren van tekenen, betekent dit vast wel iets,' zei de bode.

In de ontvangstkamer wachtten welgeteld twaalf mannen, stamoudsten met gegroefde wangen en een kwabbige hals. Ze zaten op schapenvellen en staarden met trieste blikken naar de grond. Overste Naufal ontbrak, zijn zwevende troon was leeg. Een dertiende aanwezige, stukken jonger, was bezig de laatste regels van een klaagzang voor te dragen. Ik ging erbij zitten op het enige schapenvel dat niet bezet was, en luisterde naar de verzen van de dichter.

'...gezichten bleek als dorstige kamelen, maar de harde klappen van het lot teisteren zelfs de rechtvaardigste. Ach, zouden we zijn goede werken tellen, we zouden nooit uitgeteld raken. Zocht hij niet de grootsheid van zijn volk te vergroten met wat geen Mekkaan durfde? O nacht, ellendige nacht, die al de komende nachten verstoren zal, en hoe! Wat zal er toch van ons bekomen, nu wij, kinderen van Mekka, zo verstoken zijn van een lichtend, eerbiedwaardig voorbeeld?'

Heer Yoedaan, een alom gerespecteerd man van hoge leeftijd, nam het woord: 'Het trieste nieuws heeft ons hedenochtend bereikt dat Naufal, onze heer en gebieder, ons helaas is komen te ontvallen.' Hij nam een kort ogenblik van stilte in acht, opdat ik iets kon zeggen.

Ik zweeg.

Yoedaan schraapte zijn keel en vervolgde in zuivere mededelingen: 'Hij is verdronken in de haven van Sjoea-iba. Vissers hebben zijn lijf uit het water gehaald. We denken dat hij om het leven is gebracht. Er zijn getuigen. Sommigen hebben gezien hoe hij 's nachts door twee mannen uit zijn verblijfplek is gelicht. Naufal had vijanden.'

'Dat verbaast me niets,' zei ik.

'Dat hij vermoord is, bedoelt u?'

'Dat hij vijanden had.'

'Ach zo.' Hij haalde een ring tevoorschijn. 'Nu is het zaak een opvolger te benoemen. Omdat bijna alle stamoudsten waardering hebben voor uw inspanningen en vermogen om boven de stammen te staan, zouden we graag zien dat u deze eervolle taak op u neemt.' Hij liet de ring van hand tot hand gaan totdat hij mij bereikte. 'Wat is hierop uw antwoord, zoon van Haasjim?'

Als van een afstand hoorde ik mijzelf zeggen: 'Bent u dan allen bereid een verbond te sluiten met mij, een verbond dat de ouden met de ouden, de jongen met de jongen en de aanwezigen met de afwezigen verbindt? Bent u bereid mij te steunen en te verdedigen, zoals ik u steunen en verdedigen zal?'

'Bij Hoebal,' snikte de oude Yoedaan, 'wij hebben nog nooit iemand gezien die eerbaarder, edeler en verder van enige verdorvenheid verwijderd is dan u. U hebt ooms van moederskant die helemaal in Yathrib woonachtig zijn, maar u bent evenzeer onze zoon. Wij beloven stellig dit verbond niet te herroepen of te verbreken zolang de zon opgaat en de kamelen in vrijheid weiden, zolang de bergen zich verheffen en zolang in Mekka Mekkanen wonen. Uw zonen zijn onze zonen, uw bondgenoten de onze. Gelijk, verenigd, solidair.'

'Gelijk, verenigd, solidair!' zeiden ook de andere heren unisono.

In de volmaakte stilte die volgde, liet ik mijn blik rondgaan. Ze keken me allemaal erkentelijk, zelfs bewonderend aan. Nooit had ik gevoeld hoe het is om weerstand te moeten bieden aan de bewondering van anderen, tot nu. Ik voelde me bijzonder vereerd. Mijn licht is niets dan duisternis en donkerte vergeleken bij de Zeer Hoge. Beschouwde ik de werken die ik in mijn leven had gedaan, dan besefte ik hoezeer ze allemaal uit Hem waren voortgekomen en niet uit mij. Zonder het te beseffen, had ik mij al van jongs af voor het leiderschap ingespannen. Als kind had ik al gedroomd van menigtes die toestroomden om door mij toegesproken te worden. Ik verenigde in hart en ziel wat in de fysieke ruimte door bergketens, woestijn, steppe en vele dagreizen gescheiden was. En ik had me met de beste wil van de wereld ertoe gezet om mij aan de Mekkanen aan te passen. Ach, wat ik allemaal niet had opgeofferd! En nu werd ik dan eindelijk beloond met het eerbiedwaardigste ambt dat er was. Het was precies zoals het zijn moest, alsof mijn hele leven zich naar dit ene moment had bewogen.

Ik deed de zegelring om en zei: 'Dan zal ik, zoon van Haasjim, in waardigheid en naar al mijn vermogen het leiderschap over Mekka en de Mekkanen uitoefenen, waar ze zich ook bevinden, op het vasteland en ter zee, in de vlakten en in de bergen, van oost tot west. Niemand betreedt nog dit huis van vergadering zonder mijn uitdrukkelijke toestemming. In geen ander huis zal een belangwekkende zaak worden afgehandeld dan in dit huis. Ongezeglijkheden vinden alleen plaats met mijn uitdrukkelijke toestemming en geen andere hand is gerechtigd tot het uitreiken van de oorlogsbanier dan mijn hand.'

Zo werd ik, die in mijn leven veel te verduren had gehad onder de Mekkanen, tot hun nieuwe leider gekozen. Had ik in mijn leven verscheidene malen voor moeilijke momenten gestaan, met de bekleding van mijn nieuwe ambt zouden mij ongetwijfeld nog meer grote en misschien wel nog grotere uitdagingen te wachten staan. Ik was evenwel vastbesloten om er het beste van te maken.

Toen ik even later weer buiten stond en mijn armen dankbaar ten hemel hief, zag ik dat diezelfde hemel zwart van de vogels zag. Zwarte reigers, kraanvogels, gieren, kraaien, valken, en nog ontelbare vreemdsoortige vogels waarvan ik de naam niet eens wist. Ze vielen niemand lastig, leken alleen maar te wachten, als haniefen die met ernstige blik wel alles gadeslaan maar weigeren te mengen.

43

De eerste kwestie waarmee ik als leider te maken kreeg, bleek een hardnekkige, zeer oude problematiek te betreffen. Het ging om ouders uit het kamp die hun dochters levend en wel begroeven. In de beslotenheid van de eigen tent, waarin ze aten, sliepen en leefden, groeven ze een gat om hun dochter in te begraven, daarna zetten zij hun leven voort op dezelfde grond die hun dochter bedekte. Gevraagd naar het waarom, verklaarden zij dat het hun kracht gaf. De pijn die ze als gevolg van hun daad met zich moesten meedragen, maakte hen sterk, zeiden ze.

Ik was niet verbaasd te bemerken dat het niemand van mijn stamoudsten en/of hun afgezanten interesseerde. Ik was ook niet verbaasd dat de edelen en de ambachtslui die ik op straat zocht te spreken over deze en allerlei andere zaken, er hun schouders over ophaalden. Welgeteld één man deelde mijn verbazing: de oude Yoedaan. Maar hij deelde alleen mijn verbazing. Hij vond er eigenlijk niets verkeerds aan om kinderen te slachtofferen, maar hij was van mening dat het pas en alleen dan verkeerd was wanneer ouders buiten de wil en buiten de naam van Hoebal handelden, in welk geval het pure verspilling en een grote dwaling zou zijn. De excentrieke ambachtslieden, Akiels voormalige vakbroeders zogezegd, die zich toch graag lieten voorstaan op hun openlijke aanbidding van vrouwelijke goden, verdedigden hun onverschilligheid met te zeggen dat geen enkele Mekkaan medeverantwoordelijk kon zijn voor iets wat buiten de Mekkaanse samenleving stond. Dat konden ze denken, omdat de gruwelijkheden in het Kamp van de Schande plaatsvonden, en iedereen wist toch dat het kamp niet bestond? Nu ja, dat het kamp wél bestond en voor iedereen die dat wilde gewoon te bezoeken was, ging er bij hen niet in. Een van de stamoudsten, Yoetham, en een afgezant van Ghatafaan, een andere stamoudste, stelden zakelijk en zonder enige urgentie voor: 'Wat we kunnen doen om dit soort excessen in de toekomst te voorkomen, is de som van bruidsschatten verhogen. Het zal de ouders aanmoedigen om hun dochters tenminste voor het huwelijk groot te brengen.' Helder zag ik Hafsa voor mijn geestesoog en ik wist dat het geen exces betrof. Meisjes waren de uitverkoren slachtoffers van een wereld die geen tederheid opvatte voor hun geslacht. Iedereen, ook ik, wenste zichzelf (en elkaar) mannelijke nakomelingen toe, en ín die begunstiging van mannelijke nakomelingen lag de achterstelling van vrouwelijke nakomelingen besloten. Toch stemde ik erin toe de bruidsschatten te verhogen, zoals mij geadviseerd werd, want ik zag ook wel in dat het een bovenmenselijke wil vereiste om zo'n erfenis van eonen oud per decreet teniet te doen, alsof hij niet inherent zou zijn aan de complexe, innerlijke dynamiek van onze wereld. En nietsdoen was geen optie. Ik vond dat ik tenminste iets moest doen, omdat ik dat aan Hafsa verplicht was.

Er was een andere kwestie waar ik spoedig mee te maken kreeg: Abraha, de eerzuchtige, Abessijnse bezetter van Yemen.

Abraha was geen onderdeel van de innerlijke dynamiek van onze maatschappij, aangezien hij van buiten kwam. Ruim van tevoren had hij zijn komst op een niet mis te verstane wijze aangekondigd. Ter gelegenheid van de oprichting van de kathedraal van Sana, die al door zijn voorganger in gang was gezet, zwoer hij niet te rusten vóórdat hij de heidense Ka'ba vernietigd en alle barbaarse stammen onder christelijke vlag verenigd had.

Onze hoop was gevestigd op de Kataam, een moedig krijgsvolk dat de naam had voor geen enkele bezetter te buigen, hoe goed of slecht die ook was. Diezelfde hoop verging toen we vernamen dat Hoenaat, de onbevreesde leider van de Kataam, zich zonder slag of stoot aan de vijand had overgegeven. Velen konden hun oren niet geloven, maar sommigen twijfelden er niet aan dat Hoenaat was overgelopen.

In Taïf, waar het meeste van ons graan vandaan kwam, had men vroegtijdig de velden geoogst uit vrees dat het anders door Abraha en zijn mannen zou worden gestolen of in brand gestoken. Meteen daarop steeg bij ons de prijs van een zak graan in een week tijd van een enkele dirham naar dertig dinar. Mijn adviseurs drongen erop aan maatregelen te treffen, onze jongemannen op te roepen en gereed te maken voor de strijd, versterkingen aan te brengen bij de poorten et cetera. Zorgen waren er over de mogelijkheid dat we niet meer te eten zouden krijgen en zouden omkomen van de honger, of dat we zouden worden verdreven, of bezet, of geknecht, of alles ineen. Toen het gerucht ging dat Abraha een olifant van wel dertig voet bij zich had, een zwarte, sloeg de angst pas echt goed om zich heen. De meeste Mekkanen, die nooit buiten de Hidjaaz waren geweest, wisten niet eens wat een olifant was! Alles ging op slot, hoewel ik geen algemene sluiting had verordend. De rare toename van vreemde vogels – daar gingen ze, krassend en kraaiend van dak tot dak, vechtend om zongedroogde restjes voedsel, jagend naar hagedissen en in kamelenstront wroetende kevers – wekte niet veel meer dan een soort vluchtige opwinding, de meesten sloegen er al na een paar dagen geen acht meer op. Zij die er voorboden in zagen, vreesden evenwel een onheil dat door de poorten van de stad en onder de vlag van christelijke beschaving naar binnen zou dringen. En die vrees werd bewaarheid. Abraha kwam. Zijn troepen plunderden onze opslagplaatsen en maakten tweehonderd van mijn kamelen buit die in een weide lagen uit te rusten; ook trokken ze in kleine groepjes Mekka binnen en vergrepen zich aan onze vrouwen.

44

'Heren,' begon Ibn Zjaahil, 'er is toch zeker niemand die zonder blikken of blozen kan volhouden dat de onwettige zoon van Haasjim uit iets anders handelt dan lafheid en zwakte? De vijand trekt ons land binnen, rooft onze dieren en vergrijpt zich aan onze vrouwen. Wat doet hij? Niets. Karavanen mijden de stad, eet- en theehuizen blijven gesloten, stadgenoten vertrekken, op de marktplaats komen alleen nog maar vogels en ongedierte. Wat doet hij? Niets. Hij had de poorten kunnen bemannen of de waterplaatsen langs de route kunnen laten vergiftigen, zoals iedereen die iets van tactiek afweet zou hebben gedaan. Hij had de steun kunnen vragen van de krijgers van Aus in Yathrib, zijn moederland nota bene. Ook de Koeraiza zouden niet weigeren om ons bij te staan – we weten toch hoe de joden over christenen denken? Maar de lafaard doet niets van dit alles. Heren, wees eerlijk. Wat kunnen we anders concluderen dan dat de man gewoon niet bekwaam is?'

In de ontvangstruimte zaten naast de gebruikelijke stamhoofden en afgezanten, van Allaaf tot Zoebayd, ook Abbaad en zijn zoon Yahya, mijn hoofd van ordebewaring en gelijkgestemde Zibrara, en ook de slavenhandelaar Ikrima was voor de gelegenheid aangeschoven.

'Wat is nu je voorstel?' vroeg Zibrara. 'En laat die vanuit de onderbuik opwellende beledigingen achterwege, ze overschreeuwen alleen maar de kracht van je tedere gedachten en ook je oordeelsvermogen.'

Besmuikt gelach.

Ibn Zjaahil ging onverdroten voort: 'Normaliter zou ik je adviseren om eerst naar het badhuis te gaan en jezelf te trakteren op een goede schrobbeurt. Je stinkt als een latrine, Zibrara! Aangezien ook de badhuizen zijn gesloten, kan ik je dat niet kwalijk nemen. Mijn voorstel is dit: we moeten met z'n allen om de Ka'ba gaan staan en een menselijk schild vormen. We moeten ons realiseren dat het gevaarlijk tegen de Mekkaanse eer ingaat om al het goede dat door generaties voorvaders is opgebouwd door de raven te laten ontheiligen.'

Yahya zei: 'Buiten je uitgesproken minachting voor onze leider, kom je met een gesloten fort aanzetten van heb ik jou daar, Ibn Zjaahil. Ik had persoonlijk meer verwacht van iemand die het normaliter beneden zijn waardigheid acht om het Huis van Koesay binnen te gaan, laat staan om mee te debatteren.'

'Hoe durf je, ellendeling? Hoe durf jij, wiens achterste ik nog gisteren zou kunnen hebben gewassen, mij ter verantwoording te roepen? Ik ben de woordvoerder van de goden, zonder wiens voorspraak jullie helemaal nergens zouden zijn!'

'Wat Yahya bedoelt te zeggen', kwam Abbaad vaderlijk en met zachte stem tussenbeide, 'is dat de vijand door roofzucht wordt gedreven. Een menselijk schild zal geen effect hebben. En laten we wel wezen, wij kunnen niets beginnen tegen een leger dat zelfs de Kataam tot overgave heeft gedwongen.'

Zibrara sloot zich hierbij aan: 'Wanneer we doen wat Ibn Zjaahil zegt, dan zijn we niets meer dan wormen, klaar om door de vogels te worden verslonden. We moeten laf durven zijn. Soms vereist het moed om laf te zijn.'

'Ongehoord!' donderde Ibn Zjaahil. 'Jullie zijn geen wormen, jullie zijn de slakken onder de slakken. Liever nemen jullie de benen dan je heiligdommen te verdedigen. Hoe bestaat het? Jullie verdienen Mekka niet. Jullie verdienen het niet om waar dan ook te leven. Ik schaam me om jullie geestelijk leider te zijn. Ik schaam me voor jullie kleinmoedigheid. Ik schaam me, ik schaam me, ik schaam me!'

Met een zware, diepe stem die tot aandacht dwong, nam Ikrima de slavenhandelaar het woord: 'Voor mij hoeft niemand zich te schamen. Ik overval dorpen en neem alle bruikbare kinderen mee. Ik koop krijgsgevangenen op die bij gebrek aan losgeld gedood worden. Wanneer ouders liever geld dan kinderen willen, dan bied ik in ruil voor hun kinderen geld aan. Dat is wat ik doe en ik ben een meester in wat ik doe. Tot in Numidië weten ze wie ik ben. Geen slaven, geen handel, zo simpel is het. Dat gezegd hebbende, vind ik stellig dat Mekka van ons is en niet van die zwarten. De Ka'ba is van ons en niet van die zwarten. De Hidjaaz is van ons en niet van die zwarten. Bij Hoebal, héél het schiereiland is van ons en niet van die godvergeten zwarten. Hebben wij hen niet tot slaven gemaakt? Waarom zouden wij dan voor hen buigen?'

'Je bent een man naar mijn hart, Ikrima,' prees Ibn Zjaahil. 'Het doet me goed te zien dat er ook eerzame mannen zijn.'

Ik had genoeg gehoord. Eindelijk nam ik het woord: 'We staan oog in oog met een zichzelf beschaafd wanend monster, heren. Wat is het anders voor beschaving die zich hoogacht op basis van de rovers die zij voortbrengt, die hen als helden eert alleen maar om nog meer te kunnen roven? De voormalige slaaf van een Byzantijn heeft zich opgewerkt tot een ordinaire rover en zijn naam is Abraha. Deze Abraha komt nu met een leger waartegen wij niets kunnen uitrichten. Het zou erop neerkomen dat we moeten toezien hoe zij ons onder de voet lopen, terwijl onze gezinnen als slaven zullen worden weggevoerd naar gebieden waar ze niemand kennen en waar niemand ze kan helpen. Ik zeg u: wie de bergen in vlucht, is veilig.'

Ibn Zjaahil sprong op me af, greep me bij mijn baard en huilde: 'Abraha komt eraan en jij vertelt iedereen dat het goed is om te vluchten? Onze goden zijn talrijker dan die van hem. Hij heeft er drie, wij driehonderd!'

Er ontstond tumult. Sommigen spraken hun afschuw uit over de wijze waarop Ibn Zjaahil tegen mij tekeerging, anderen schaarden zich juist achter hem en bevestigden luidkeels ieder woord dat hij gezegd had.

'Ik hoor u wel, priester,' overstemde ik. 'Ik hoor u allen goed en wel. Uw vertwijfelde bezwaren zijn mij niet vreemd. Van jongs af weet ik wat verlies is en daarom begrijp ik dat, al mogen winnen en overwinnen begeerlijk zijn, het vreselijk is om te verliezen. Welke eer, welke waardigheid ligt erin wanneer we allen zouden vluchten? Wat gaat er met de Ka'ba gebeuren en welke toorn roepen wij daarmee over ons af? U vreest het onbekende vanuit de gedachte dat het zich kan keren tegen wat u dierbaar is, en met uw voorzorgen hoopt u het onheil te kunnen afwenden. Toch zou het u niet misstaan om wat meer zelfbeheersing in acht te nemen. Wat is de Ka'ba meer dan een vingerwijzing naar het eeuwige mysterie, dat in onze ziel en tussen de sterren geborgen is? Het is niet het mysterie zelf. Wanneer iemand van ver naar hier komt om te vernietigen wat niet te vernietigen is, dan kunt u ertoe besluiten om dat wat van zichzelf waardeloos is met uw leven te beschermen, het staat u vrij om dat te doen. Maar ik zeg u: het mysterie behoort niemand toe, want het is geen ding dat zich laat bezitten of vernietigen. En al vluchten wij, we moeten erop vertrouwen dat onze vlucht niet het einde is, en dat we zullen terugkeren. De Allerhoogste die in onuitsprekelijke geheimenis boven alle leven verheven is, weet dat het niets met lafheid te maken heeft.'

Maar Ibn Zjaahil en nog wat andere heren volhardden in hun voorgenomen plan om een menselijk schild rond de Ka'ba te vormen. Ik begreep niet waarom ze

zich zo blindelings moesten opwerpen als de voorvech-
ters van de Mekkaanse eer. Waar was hun geloof in de
goden, in Hoebal en al de offers die ze tot uitvoering
hadden laten brengen om goddelijke bescherming af te
dwingen? Waar was hun weg van de vrede?

Ik vroeg Zibrara en zijn mensen om iedereen die wél
weg wilde alvast te waarschuwen. We zouden verzame-
len bij de Noorderpoort. Ook regelde ik een persoonlijk onderhoud met Abraha.

45

Abraha's legerkamp lag verspreid over een veld waar het krioelde van de gespierde mannen, die op de schouders dieren en stapels brandhout van kronkelige struikwortels naar de stookplaatsen droegen. Silhouetten tekenden zich onheilspellend af en in de lucht hing de geur van overdadig geroosterd vlees. Abraha's tent was rond en zwart, gemaakt van geitenhaar, en stond boven op de top van wat een reusachtige termietenheuvel leek. Binnen was de grond bezaaid met veelkleurige kussens en tapijten, waarop schaars geklede, welgevormde vrouwen in verleidelijke poses met elkaar lagen te giechelen. Ik sloeg geen acht op hun uitdagende blikken en liep linea recta door naar de achterzijde, waar Abraha op zijn troon zat.

'Geachte Koraisji, welkom!' riep hij hartelijk, terwijl hij me van top tot teen monsterde. 'Ga zitten, man, ga zitten! Wees welkom in mijn huis! Als je zo lang weg bent als ik, dan wordt een tent vanzelf je huis. In ieder geval kan niemand zeggen dat ik het mezelf niet aangenaam weet te maken.' Hij kwam vertrouwelijk naast mij op een kussen op de grond zitten, alsof hij niet de onderkoning was maar de vader van een meisje dat hij heel graag wilde weggeven. Zijn gezicht werd ontsierd door een groot litteken, en hij moet hebben gezien dat ik ernaar zat te kijken, want dadelijk begon hij te vertellen: 'Ik daagde de generaal uit voor een tweegevecht, vlak nadat we Yemen hadden bezet. Mijn vorst beloonde hem daarvoor met het gouverneurschap. Geboren leiders zijn schaars en hij was er een van het zuiverste water. Ik had enorme achting voor die man. Dat heb ik nog steeds. Hij deelde onze soep en onze grappen, hij was een van ons. Maar als adjudant had ik mijn verplichtingen. Ik vond dat mijn manschappen onrecht was aangedaan in de verdeling van de buit. Integriteit, daar kwam het voor mij op neer, waar het voor mijn generaal vooral op gezag aankwam. Hij had nog nooit in zijn krijgsleven een tweegevecht verloren en ook nu ging hij onbevreesd de strijd met mij aan, vastbesloten om zich er met een enkele speerworp van af te maken. Geloofde ik in een overwinning? Natuurlijk niet, die man wierp sneller dan de bliksem. Hij schampte mijn gezicht nog voordat ik hem in de ogen kon kijken. Ik dook ineen en schreeuwde het uit. Onder de manschappen brak gejuich uit, iedereen scandeerde: "Aryaat! Aryaat!" Tjonge, wat was hij geliefd! Maar niemand vermoedde dat mijn knecht zich in een greppel vlakbij had verstopt. Op hem had ik al mijn hoop gevestigd. Toen zijn speer Aryaat in de rug stiet en er aan de andere kant uit kwam, blies alleen nog de wind zijn onrustige adem over de vlakte.'

Een metalen plateau met een groot schaap werd door een pezige, zwarte bediende voor ons neergezet. Abraha viel hongerig aan, onder luidruchtig gekauw en gesmak plukte hij met gekromde vingers vlees van het bot. Met een hoofdbeweging gebaarde hij me: eet!

Ik twijfelde er niet aan dat hij me echt als een gelijke zag. Maar waar ik zocht naar mijn dieren, zocht hij naar mijn achting. Ik bedankte vriendelijk.

Hij lachte, at verder. Ondertussen vertelde hij: 'Nu moet u niet denken dat wij Abessijnen op ons achterhoofd zijn gevallen. Onze vorst is een ontwikkeld mens, natuurlijk tolereert hij geen tweedracht. Hij bezwoer mij niet met rust te laten vóór hij de grond onder mijn voeten had betreden en mijn haar had afgeknipt. Weet u wat dat bij ons betekent?' Met de linkerhand haalde hij een denkbeeldig mes over zijn nek. 'Nu vraagt u zich af hoe het kan dat ik hier dan levend en wel voor u zit in de hoedanigheid van onderkoning. Ik zal het u vertellen. U zult het maar een raar verhaal vinden, maar het is geheel en al waar. Dit is wat ik deed: ik schoor mijn hoofd kaal, vulde een leren tas met Yemenitische aarde en zond het naar hem, naar mijn vorst, vergezeld door het schrijven: "O, koning, toen ik van uw eed vernam heb ik direct mijn hoofd kaal geschoren. Het haar zend ik u hierbij met een tas Yemenitische aarde toe om onder uw voeten te laten strooien en uw eed aangaande mij gestand te doen."' Hij begon triomfantelijk te lachen, zeer ingenomen met zichzelf en zijn tactische benadering.

Op het moment dat hem een wasbekken werd aangereikt om het vet van de handen te wassen, zei hij: 'Ik vertel u dit in alle openheid omdat ik u mag. Ik heb u geobserveerd vanaf het moment dat u mijn tent binnenkwam. Welaan, ik neem aan dat u weet waarom ik hier ben?'

'Om te roven.'

Abraha legde verrukt een hand op zijn borst ten teken dat het hem zeer aan het hart ging wat hij hier hoorde. 'Ik prijs uw doortastendheid! Waar slappelingen nalaten de realiteit onder ogen te zien, zich verlatend op de eigen rooskleurige veronderstellingen, weekhartig als ze zijn, en met alle rampzalige gevolgen van dien, graaft u direct naar de kern. Echte mannen, als bergen in de aarde verankerd, daar hou ik van. Wij zijn gelijken, u en ik.'

'Ik ben geen rover,' zei ik.

'Nee, u bent geen rover. Ik ben ook geen rover. Ik kom niet om te roven. Wat valt hier nou te roven? Deze schrale vallei heeft niets te bieden. De reden dat ik hier ben heeft met verlossing te maken. U weet wat verlossing is? Laten we wel wezen, wat uw mensen in mijn hoofdstad hebben aangericht, zou door mijn eigen mensen niet eens zijn bedacht. Wie doet nou zoiets? U weet het, nietwaar? Ja, u weet het heel goed. U, die door bemiddeling en uitoefening van moreel gezag alles tot een oplossing zoekt te brengen, behalve als het om onschuldige christenen gaat. Mensen zo tekeer laten gaan! Zeg het gerust als u het niet met mij eens bent.'

'Wat hebben mijn mensen dan in uw hoofdstad aangericht?'

'Kom nou toch, ik weet heus wie ik in mijn tent heb. Weet u dan niet dat ik in de vallei van Adhana de dam van Maarib heb gerepareerd? Ik ben geen onredelijke man, als u dat soms denkt. Ik minacht slechts wat verachtelijk is. Negen Kinanieten zijn op een nacht mijn kerk in Sana binnengedrongen, ze hebben tal van beelden en gebrandschilderde ramen stukgeslagen, ze hebben geürineerd over altaar en preekstoel, en wat dies meer zij aan ongezeglijkheden. Daarom kom ik uw land verlossen. U, die zo doortastend bent, weet heel goed wie die barbaren naar mijn kerk gestuurd heeft.'

'Indien het echt waar is wat u zegt, dat negen Kinanieten zulke ongerechtigheden hebben begaan, dan begrijp ik nog steeds niet waarom ik voor die mensen verantwoordelijk zou moeten zijn.'

'U bent toch Arabier, of niet soms?'

'Ik kan mij niet aan de indruk onttrekken dat het enkel en alleen dient om uw militaire inzet te rechtvaardigen, die u allang heeft aangekondigd. Maar dat is niet de reden dat ik hier ben. Ik ben hier slechts om mijn kamelen terug te vorderen.'

'Wat zegt u daar?'

'Die u van mij genomen hebt. Het zijn míjn dieren, ik heb ze persoonlijk gecultiveerd. Het zijn er om en nabij de tweehonderd. Ik wil ze terug.'

Een hele poos staarde hij me ongelovig aan. Toen zei hij dat mijn verzoek hem niet beviel. 'Wat bent u voor heerschap dat het geloof van uw mensen u onverschillig zou laten?'

'Ik ben slechts eigenaar van de kamelen die u van me genomen hebt.'

'Ach, hou toch op!' brulde hij met een bruusk armgebaar. Hij stond op, beende onrustig heen en weer en begon zich zowaar te beklagen. Hij, die zich agressief opdrong en andermans landen bezette, zich toe-eigende wat niet eigen was, was verontwaardigd. De ijdele boef tolereerde kennelijk niet dat er mensen waren die zich niet door hem lieten provoceren. Hij had gemeend dat ik het heilige bedevaartsoord Mekka zou ombouwen tot een ordinaire oefenplaats voor militairen, voor rovers zoals hij. 'Ik was zo blij, weet u dat?' zei hij. 'Ik was echt blij toen u zonet mijn tent binnenkwam. Ik dacht: ha, eindelijk een weldenkend mens met wie ik op gelijke voet kan spreken! Maar u zeurt om kamelen terwijl u uw mensen en de tempel van uw godsdienst, waarvoor ik gekomen ben om die te vernietigen, onbesproken laat. Ik word misselijk van je, woestijnman. Van jou, je soort, jullie gebruiken, dit hele godvergeten land! Ga mijn tent uit voordat ik mijn ingewanden over je uitkots! Sodemieter op, zeg ik! En neem je stinkkudde mee!'

46

Er was een derde kwestie. Nu ja, kwestie?

In de kleine lichtcirkel van de olielamp zag ik alleen haar gezicht, met grote ogen erin die stuurs voor zich uit staarden. Zonder me aan te kijken, orakelde ze dat de ware heer en gebieder van de vallei voorbestemd was om ín de vallei en niet erbuiten geboren te worden. 'De ware heer en gebieder', zo noemde ze de nog ongeboren vrucht in haar buik. Hoe ze zo stellig kon weten dat het een jongetje ging worden dat ook nog eens boven iedereen gezegend zou zijn, wist geen mens. Soms zei ze dat geen djinn haar kind in zijn macht zou kunnen hebben en dat een licht uit haar ging dat de nachtelijke hemel tot aan de forten van Boesra verlichtte. Waarom klonk in dit grenzeloze verlangen zo veel bittere spijt door?

Ze zei: 'Mijn zoon zal hier geboren worden, het zal gaan zoals ik gedroomd heb en niet anders.' De haar toegewijde slavin Zohra, de enige die ze toestond te blijven, streek intussen met een natte doek over haar gezicht.

Ik zei dat ik haar niet in een belegerde stad kon achterlaten. 'Hoe weet je zo zeker dat Abraha en zijn honden hier niet ieder moment kunnen binnendringen?' En om de ernst van de situatie tot haar verwarde hoofd te laten doordringen, dreigde ik: 'Ze zullen je pijn doen en meenemen naar hun land.'

'Je denkt dat ik gek ben,' zei ze beledigd.

'Dat denk ik niet...'

'Je liegt dat je barst, zoon van Haasjim!'

'Het is hier echt niet veilig voor je. Ik wil niet op mijn geweten hebben dat...'

'Buiten het kind in mijn buik en dit gezegende huis heb ik niets. Al vallen ze aan met honderd-en-een zwarte olifanten, ik laat me niet verjagen. Ga maar weg, het kan me niet schelen. Mijn zoon zal toch hier geboren worden, of je het leuk vindt of niet. Ik heb het gezien, weet je dat dan niet? Ik heb het gezien in mijn droom.'

'We nemen je mee,' drong ik aan. 'We zullen je dragen.'

'Zohra, ik word moe van deze man, wil je hem de deur wijzen, alsjeblieft?' Ze keek me niet meer aan.

'Amina...' probeerde ik nog, vergeefs smekend.

'Ga maar,' zei Zohra, 'ze raakt alleen maar overstuur. Ga, ik zorg wel voor haar.'

Ik ging. Naast Ibn Zjaahil en de mensen die zich achter hem hadden geschaard, moest ik dus ook tolereren dat mijn schoondochter bleef, wat ik persoonlijk als een nog veel grotere tegenslag ervoer. Ten eerste omdat ze hoogzwanger was, en ten tweede omdat ze niet wilde geloven dat Abraha geen verzinsel was.

Het was stil op straat. Van de converserende mannen

en vrouwen, van de spelende kinderen op blote voeten, van de bedelaars en straatartiesten, kortom van de hele gebruikelijke avondstemming was de laatste echo weggestorven. Alleen zwaluwen en vleermuizen schoten kriskras door de lucht om in een van de vele holletjes te verdwijnen. Vooral daar waar de muren de daken stutten, was het een komen en gaan van gevleugelden.

Bij de Noorderpoort wachtten mijn mensen, mijn vrouwen, mijn kinderen en hun kinderen, en nog vele anderen, mij op. Vandaar verlieten we samen de vallei. Er werden geen grappen en verhalen verteld, er heersten louter zorgen en een aldoor zuchtend zwijgen. We kronkelden omhoog over een steile, bochtige weg, langs inderhaast verlaten hutten en huisjes. Kinderen zochten op de heuvels alvast naar brandhout voor de nacht.

'Wat gaat er met ons gebeuren, opa?' vroeg een van mijn kleindochters, een kind van Zoebier.

'Wie zegt dat er wat met ons gaat gebeuren?'

'Waarom gaan we dan weg?'

Ik keek om. Boven het kamp van de bezetters hing een gloed van rook, vuur, gedruis en gekletter. Tussen de wolken dreef als een galeischip van licht een sikkelvormige maan die de stilzwijgende vallei een spookachtig en verlaten aanschijn gaf. Ik probeerde aan de mensen te denken die ik achtergelaten had, maar het lukte niet; mijn geest was leeg en kon geen enkele samenhangende gedachte meer voortbrengen.

'Opa?'

'We komen terug, liefje. Heus, we komen terug.'

47

De dag brak aan met een deken van grijze wolken aan de hemel. Roerloos en doodstil lag de woestijn zover het oog reikt. Vanuit zijn draagstoel zag Abraha de kring van een handvol mannen om het heiligdom staan. Daar stonden ze, hand in hand, op korstige voeten in stukgelopen sandalen, te midden van verlaten, gezichtloze huisjes tegen afgekloven, grauwe berghellingen. Hij zuchtte, werd overmand door somberte. Nergens had zijn campagne noemenswaardige tegenstand ontmoet, slachtoffers had hij niet gemaakt, helden waren niet opgestaan. Waar die dappere Carthageense generaal honderden olifanten nodig had gehad om een slag tegen de Romeinen te winnen, volstond in zijn geval één. Eén olifant slechts om de barbaarse stammen tot beschaving te dwingen. Verhalenvertellers zouden een heleboel moeten verzinnen om deze verrekte voetnoot in de geschiedenis de schijn van glorie te geven. Met een lui en ongeïnspireerd handgebaar, dat de vlieg op zijn hand deed opvliegen, liet hij de Mekkanen verwijderen. Ze protesteerden niet eens.

'De olifant!' verordonneerde hij.

Een soldaat, de ogen glinsterend in zijn wapenrusting, benaderde het aangewezen dier in de flank en fluisterde het iets in. Niemand die hoorde wat hij het dier precies influisterde, maar men verkneukelde zich er luid over. Verbazing alom toen hij, groot en sterk en met opgeblazen spieren die vervaarlijk in zijn dadelkleurige ledematen klopten, het plotseling op een rennen zette alsof de bliksem hem op de hielen zat. Stof en stenen wervelden omhoog onder zijn voeten.

Rumoer zwol aan.

Abraha riep een van zijn legercommandanten bij zich.

'Is dat die overloper uit Kataam?'

'Ja, heer, het is Hoenaat. Zie hem haastig de benen nemen, de lafaard!'

Enkele infanteristen beijverden zich om de olifant op zijn poten te laten staan, want direct was hij op Hoenaats influistering door de knieën gegaan. 'Sta op, Mahmoed! Sta op en doe waarvoor je gekomen bent!' Ze sloegen erop los om hem tot gehoorzaamheid te dwingen, sloegen met de platte kant van hun zwaard tegen zijn hoofd, verminkten met krammen zijn buik, en nog bleef hij onbeweeglijk zitten. En kijk, een spreeuw met parelmoeren veren daalde op zijn kop en sjirpte met gezwollen krop naar de gewapende heren. Ze zagen het tedere gebaar verbijsterd aan, waarna ze in lachen uitbarstten, compleet met het gekletter van hun zwaarden en schilden. Niemand zag de ophanden zijnde gevleugelde nacht, die vanuit zee landinwaarts dreef en de horizon verduisterde. Niemand hoorde het gekrijs van miljoenen vogels dat kwam aangesneld en als van een steile rots naar beneden kwam gesuisd.

Ten huize Ibn Yoesoef gaf Amina de geboorte aan een nieuw leven, een bloederig hompje vlees dat de tranen huilde voor wel duizend nieuw geboren kinderen. Maar kijk, een kwaadaardig vermoeden verduisterde moeders hart en ze kon alleen maar vrezen dat dít kind, het kind dat ze nota bene zelf gebaard had, haar bloedeigen kind, een onheilbrengend kind was. Ze vroeg om een mes. Zohra weigerde het haar. Ze stond op om het zelf te pakken, maar kon nauwelijks blijven staan, botste tegen muren op, maaide om zich heen, sloeg blindelings een kooitje stuk dat in de hoek van de kamer stond; Zohra kwam erachteraan omdat het aan zijn moeder gebonden hompje in háár armen lag. De zwaluw die in het kooitje had gezeten, fladderde van muur naar muur en vloog uiteindelijk door een venster naar buiten. In datzelfde venster lag een mes. Amina dook eropaf, en wat ze toen zag!

48

Ik was teruggegaan toen ik zag wat daarbeneden in de vallei gebeurde. Het was afgrijselijk om te zien hoe zelfs de moedigste onder de Abessijnen met wapens en al tussen demonische kaken werd gemalen. Zoals motten naar de vlam vliegen om slechts gedood te worden, zo snelden deze mannen hun eigen ondergang tegemoet, waarheen ze zich ook wendden. Paarden steigerden met heilige verontwaardiging en wie ervanaf viel, werd vertrapt door zijn strijdmakkers, nog voor hij kon opstaan; honderden werden fijn geperst, bloed spatte alle kanten uit. Toen het al te laat was, probeerden bevelhebbers hun manschappen te hergroeperen, maar niemand bleef in slagorde. Zo werd een machtig leger uiteengedreven en vernietigd tot fijngekauwd stro, met inbegrip van Ibn Zjaahil en het handjevol mannen dat zich achter hem had geschaard. Wat er met Hoenaat, de strijder uit Kataam, is gebeurd, weet niemand.

Ik had de gevleugelde nacht wél zien aankomen, samen met mijn gevluchte stadgenoten had ik alles gezien. Zodra zij in veiligheid waren, overgelaten aan de betrouwbare zorg van Zibrara, Zoebier en Hamza, was ik weer naar beneden gehold; ik kon onmogelijk wachten tot alles achter de rug was.

Eenheden trokken zich haastig terug, maar werden op hun vlucht alsnog door de vliegende ziekte geslagen. Zo veel lichamen werden als wrakstukken terneer geworpen. Wat resteerde was een geteisterde homp vlees waaruit het hart naar buiten barstte als het zijn laatste adem uitblies. Van wat gisteren nog grote, gespierde mannenlijven waren, resteerde niets dan geteisterde stukken vlees. Ook Abraha werd niet gespaard. Zijn ogen stonden onveranderlijk wagenwijd open van schrik en ontzetting, het getekende gezicht vertrokken in een grimas van ondraaglijke pijn. Terwijl zijn wachters hem wegdroegen, vielen zijn ledematen één voor één van zijn lichaam af. Het was verschrikkelijk, ontzettend, meer dan dat, en tegelijkertijd grenzeloos fascinerend. Hoe kon ik van zoiets wegkijken? De ontzetting die ik voelde, was tegelijkertijd een zeldzaam genot, een bevrijding haast. 'Al-Llaah!' huilde ik. 'Al-Llaah! Al-Llaah!'

Bij de gehavende Ka'ba, tussen de beelden van Isaaf en Naïla, te midden van een zee aan gesneuvelde soldaten en paarden, trof ik Amina op haar knieën aan, verwoed bezig om met blote handen een gat te graven terwijl ze haar hart uit haar lijf huilde: 'Ik heb een vervloekt kind gebaard! Ik heb een vervloekt kind gebaard!' Achter haar stond de olifant, die helemaal niet zwart maar wit was. Met zijn kleine, glimmende ogen staarde hij me slechts aan, zijn slurf neigde hierheen noch daarheen.

Toen draaide hij zich om en liep rustig bij me vandaan, terwijl de hemel boven ons weer licht werd en er een stilte over de vallei neerdaalde alsof er niets gebeurd was.

49

Ik prijs de vrijgevige Koning die de bergen tot veranke-
ring heeft gemaakt en die het water aan de gestolde
grond heeft doen ontspringen. Ik prijs Hem om de leiding die Hij ons schenkt en dank Hem voor Zijn onme-
telijke barmhartigheid. Ik prijs Hem om Zijn welwillen-
de hulpvaardigheid. Moge Hij ons niet verstoken laten
aan de zwakte van onze besluiten, aan het tekortschie-
ten van onze krachten, aan de veranderlijkheid van onze meningen en aan ons al te gebrekkige onderschei-
dingsvermogen.

Veel Mekkanen waren terecht aangeslagen door wat
er gebeurd was. Waarom vielen gitzwarte wolken uiteen in ziedende vogels met tussen hun demonische kaken een soort in gif gedrenkte stenen, waarmee een
plek werd geteisterd die de naam had de favoriete van
de goden te zijn? Met welk doel werden hemel en aarde
bewogen? Zulke zaken weet niemand en ook wij konden ons er slechts over verbazen. Sommigen zeiden dat
het de schuld van de goden was. Het zou allemaal niet
zijn gebeurd als er geen geloof was geweest, stelden ze.
Dat was niet lasterlijk bedoeld, noch was het een uiting

van ongeloof, integendeel. De wens om een mysterie van zo'n huiveringwekkende omvang te willen ontkennen, getuigt van pure verbazing. Wat is geloof anders dan verbazing?

Het was mijn roeping te graven naar wat voor het blote oog niet waarneembaar was, de mensen te laten drinken van vergeten bronnen, bevangen als ik was door een bevende begeerte naar de Zemzembron, de heilige bron van verbintenis, ontsprongen aan de verborgen grond van onze ziel, erfdeel van onze verste voorouder Smaïl. Beter dan het oprichten van een ontelbare hoeveelheid afgoden, was het oprichten van een bron die eeuwig welde, stroomde en vervulde.

Zoals de wind gestalten schept uit rots en steen, zo geeft het verlangen naar zin en betekenis de ziel vorm. Tot drie keer toe had het gerumoerd aan de oren van mijn hart, steeds met dezelfde droom. In naam van de Grote die de aarde heeft doen verrijzen op onzichtbare pilaren, graaf!

Precies in het midden tussen de beeltenissen van Isaaf en Naïla plantte ik ten langen leste mijn houweel. Rillingen trokken door mijn verlangende, zwoegende lijf. Tot diep in de grond was het bloed doorgedrongen, versteend als gestolde lava, zodat het zich alleen door een ijzeren wil liet bewerken. De dagen, de weken, de maanden, ze volgden elkaar ongemerkt op. De mensen schaarden zich om mij heen, in gissende groepjes eerst, maar ze werden steeds baldadiger, alsof ze nu al niet meer wisten van een aanval op Mekka en van de heilige duisternis uit de hoogte die erop gevolgd was. Ze maakten grappen over mij, over hun heer en gebieder die daar in het midden van de Haram zichzelf stond dood te graven. Steeds wilden ze weten wat ik toch aan het doen was.

'Ik graaf!'

'Waarnaar?'

'De oorsprong.'

Ze keken me aan alsof ik gek was. De oorsprong? Welke oorsprong? Dat Zemzem de bron was die alle mensen verbond, vonden ze maar lachwekkend. Er waren ontelbare stammen, clans en families die elkaar om het minste of geringste naar het leven stonden, geloofde ik nu echt dat die ooit een eenheid gingen vormen, of dat ze dat maar zouden willen? Wie om zich heen keek, zag juist een uitbundige viering van diversiteit. Mensen deden van alles om zich te onderscheiden, juist op plekken waar ze moesten samenleven. Iedereen kon wel doen alsof we allemaal onderdeel waren van een en dezelfde godheid, uiteindelijk deden we er meer aan om onze eigen bijzonderheid boven die van anderen te plaatsen. Dat is wat ze zeiden. Het was het soort commentaar waar ook mijn oom Naufal zo goed in was geweest, in de overtuiging dat het van werkelijkheidszin getuigde. Maar als ik om me heen keek, dan zag ik helemaal geen uitbundige viering van diversiteit. Neen, ik zag verdeeldheid, ik zag bloed en ik zag vreemde rovers erbovenop duiken als de aasgieren van de hel. Terwijl aftakelende grootmachten met hun vazalstaten bezig waren om de wereld onderling te verdelen en de eigen toekomst veilig te stellen, wentelden wij ons in een hardnekkige trotse onwetendheid, hielden wij vast aan de aanbidding van dode stenen, verachtten wij onze kwetsbaarheid en doodden wij onze dochters. De uitbundige viering die wij zagen was niets meer dan een domme krachtmeting van domme instincten in handen van domme goden met een ongecultiveerde ziel zo oud als de wereld zelf, bloedrood de kleur waarmee hij geschapen was en onverminderd bloederig de instincten die hun weg vonden naar geteisterd mensenvlees. Van de stamhoofden die hun krachten gewapenderhand op elkaar beproefden tot de sloebers die in moordlustige vergeldingsdrang ontbrandden bij iedere vermeende aantasting van het eergevoel, stellig was de wereld er een van bloed, bloed en nog eens bloed. Maar deze wanhopige wereld was niet ieders bestemming.

De zon bevond zich halverwege de westelijke hemel en de hitte is dan nog ondraaglijker, nog verzengender dan wanneer ze in het zenit staat. Ze geselde mijn armen, geselde mijn rug, nog groef ik door. Ik groef als was 't het laatste wat ik in dit leven wilde doen. Ik had het gevoel iets groots tegemoet te gaan. Welke kracht, welke machtige bron was ik bezig uit de heilige grond op te diepen? Bliksem schoot van de stenen af, die verbrokkelden onder de kracht van mijn slagen. Ach, ik zou ze wel vervangen door een gesteente dat niet verbrokkelde en ook niet sleet, nog in geen duizend jaar. Toen ik gedaanten zag dansen als schaduwen, een zwarte vlek groot en onverbiddelijk op mij afkwam en ik in een oneindige gaping leek te vallen, drong van ver, als uit verborgen gronden, de echo van in water plonzende stenen mijn geest binnen.

50

We leven voort in wat we overdragen, dus moeten we in contact treden met de ander om eeuwig voort te leven. Ik organiseerde nog altijd karavanen en mijn voornemen was om het nog zo lang mogelijk, ja, tot mijn laatste dag te doen. Niet omdat de handel mij zo geweldig trok, maar omdat de wijde wereld dat deed. Mensen ontmoeten was een van de redenen waarom ik deed wat ik deed. Mijn reislustige leven was leerzaam in allerlei opzichten. In Bosra en Hira gonsde het van de vreemde talen en ideeën. De verschillende volkeren die het oude Babel hadden ondermijnd, moesten samen toch veel gelachen hebben als je bedenkt hoe hilarisch misverstanden kunnen zijn. Maar ik had ook gezien hoe mensen elkaar de hersenen insloegen om de vraag of de zoon van Meryem nu wel of geen mens van vlees en bloed was.

Ik ontmoette Cephas in het tweede jaar na de Olifant in een karavanserai te Hira, waar ik voor zaken verbleef. Dit geleerde en bereisde heerschap had inzichtelijk gesproken over de grootmachten, die hun grip leken te verliezen op wat in de wereld gaande was. In het westen heerste sinds de dood van keizer Justinianus verdeeldheid over de vraag of het imperium niet al dusdanig was uitgedijd dat het veel te duur was geworden om in stand te houden, en in het oosten brokkelde de centrale macht van Kosroës af door de opkomst van religieuze rebellen. Waar ging het heen met de wereld als zelfs de twee ogen waaraan de Grote Bestierder de taak had toevertrouwd hem te verlichten, gesloten werden? Mijns inziens hadden de grootmachten hun ondergang niet louter aan zichzelf te wijten en zo geraakten we in een geanimeerd gesprek over de opkomst en ondergang van wereldrijken in het bijzonder, en over leven en dood in het algemeen. Pas daarna stelden we ons aan elkaar voor. Ik gaf te kennen van de heilige stad afkomstig te zijn.

'De heilige stad? Je hebt het over de heilige stad?' Hij glunderde van oor tot oor. 'Weinig plekken die zo imponerend, zo verheffend zijn als Jeruzalem. Jammer dat er zo veel heidenen wonen.'

Hij dacht dat ik Jeruzalem bedoelde! Hoe was het in vredesnaam mogelijk dat hij, die veel van de wereld had gezien, niet van Mekka wist? Wist hij dan niet dat er ook zoiets als een heilig Mekka was?

'Het is een misverstand te denken dat alleen Jeruzalem een heilige stad is,' zei ik.

Hij keek me niet-begrijpend aan.

Ik legde uit: 'Ik heb het over Mekka. Jeruzalem is ook een heilige stad, maar Jeruzalem is anders. De verhalen zijn ook anders. Het is een andere wereld. Jeruzalem is een ommuurde stad, een vesting met daarbinnen een ondoorgrondelijk doolhof, gemaakt om in te verdwalen en om er nooit weer uit te komen. Mekka heeft geen muren, maar wordt beschermd door gebergte en vogels. We hebben vier poorten die nooit bewaakt worden en altijd openstaan.'

'Waar ligt het eigenlijk? Ik ken het echt niet.'

'Mekka is geen gewone plek,' zei ik verongelijkt.

'Dat wil ik aannemen van u. Ik heb nog nooit van een stad gehoord die wordt beschermd door vogels. Is er handel in Mekka?'

Ik staarde hem verbluft aan. Toen wist ik het zeker: deze zeer geleerde en bereisde man wist écht niks van Mekka.

Het was niet de eerste keer dat ik zoiets meemaakte, dus deed ik wat ik altijd deed. Ik haalde luchthartig mijn schouders erover op. Ik bedankte Cephas voor het gesprek en ging slapen. Wat niet lukte. Steeds weerklonken de woorden van mijn oom Moetalieb in mijn hoofd: *Wee de ongelukkige die gedoemd is vergeten te worden alsof hij nooit geleefd heeft!* Ik stond maar weer op en ging buiten langs de oever van de rivier wandelen. Ik vond het heerlijk, een absolute weldaad; het regende zo zwaar dat ik niet eens de overkant kon zien. Zo liep ik langs het water dat al aan vele steden het leven had geschonken: Akkad, Babel, Ur, steden die allang weer vergaan waren. Wat wisten we nog van de dromen en werken van de mensen die er hadden gewoond? Zo goed als niets, alsof zon en regen zinloos over de aarde waren uitgestort. En ik vroeg mij af waarom het geval met Cephas mij toch zo dwarszat. Cephas was een bevoorrecht mens, aange-

zien hem zowel het Byzantijnse als het Perzische staats-
burgerschap was verleend; hij kon vrij als een vogel
door de wereld reizen. Als zelfs híj niet van Mekka wist,
dan moest ik er wel van uitgaan dat niemand dat deed.
En wat gaf het? Er waren wel meer vergeten volkeren.
Wat wisten we van de Chaldeeërs? En de Goeteeërs? De
wereld was nu eenmaal groot en niemand leefde lang
genoeg om alle nederzettingen van mensen te kennen.
Toch? *Wee de ongelukkige die gedoemd is vergeten te worden
alsof hij nooit geleefd heeft!*

De volgende – stralende – dag toen mijn mannen en
ik de dieren gereedmaakten voor onze terugreis, zag ik
Cephas weer, lezend in de ochtendzon. Het was een
aangezicht dat ik nooit eerder gezien had, eerlijk waar
– zo'n man die, al lezende, volmaakt opging in de woorden die hij tot zich nam –, en ik werd ter plekke bevangen door een lumineus idee alsof de hemel zelf mijn
geest verhelderde. Wat weerhield mij om de wereld via
het woord te laten kennismaken met Mekka? Woorden
stelden de geest in staat de wereld te bereizen zoals
geen kameel kon evenaren. Toen wist ik dat dit mijn
laatste handelsreis was. Mijn volk had getracht zich een
plaats te veroveren in de rondgang van grote volkeren,
maar onze dromen en werken zouden vergeefs zijn als
ze niet werden opgetekend. Aldus droeg ik mijzelf op
de volkeren van de wereld lezend te doen opgaan in de
geest van mijn woorden, en hen te laten samenkomen.

EINDE

Verantwoording

Aanvankelijk wilde ik schrijven over de profeet Mohammed – de historische man achter het moderne debat. Maar ik verzandde in de grote hoeveelheid overleveringen, legendes en (pseudo)wetenschappelijke biografieën die over hem zijn opgetekend. Opvallend hierin is namelijk de alomvattende wijze waarop religieuze, historische, stichtelijke, politieke, narratieve en fantastische elementen zijn vermengd. Deze vermenging onttrekt de historische figuur aan het zicht, maakt hem zo goed als ongrijpbaar. Hoe meer ik over hem las, hoe ongrijpbaarder hij werd. Zo verscheen mij uit de honderden Tradities en verhalen niet één mens, maar een menigte. Wat mij deed vermoeden dat Mohammed, Mekka en Yathrib (Medina) in de beginperiode van de islamitische geschiedenis waarschijnlijk meer een symbolische functie moeten hebben vervuld dan een historische, ter verdichting van een veel grotere, complexere werkelijkheid dan alleen die van het westelijk deel van het Arabische schiereiland anno 570 n.Chr. Het doet evenwel niets af aan het imponerende bouwwerk van intellectuele arbeid dat moslimgeleerden als Ibn Ishaak,

Tabari, Boechari en nog vele anderen hebben geleverd, alles ten behoeve van een almaar uitdijende invloedssfeer.

Er ging een wereld voor mij open toen ik in de schimmige eeuw dook die aan de geboorte van de profeet Mohammed voorafgaat. Deze pre-islamitische periode is door overleveraars geboekstaafd als *zjahilía*, de tijd van onwetendheid, en zou een vreselijk tijdperk zijn geweest waarin alles wat slecht en verdorven is aan de orde van de dag was. In literair en historisch perspectief is het evenwel een interessante fase, omdat hij alle kenmerken heeft van een wereld in transitie. Door de grootvader van Mohammed (Abd al-Moettalib ibn Haasjim volgens de overleveringen) als hoofdpersonage te nemen, schiep ik mezelf een dankbare ingang tot een universum waarin de oude wereldorde (van Perzen en Byzantijnen) afbrokkelde, terwijl een nieuwe reeds in de maak was.

Let wel: ik ben geen islamdeskundige, noch heb ik de pretentie islamdeskundige te zijn. Het gaat mij als schrijver slechts om het voelbaar maken van de vragen, gedachten en gevoelens die in een wereldgodsdienst zoals de islam tot uitdrukking komen, en waaruit duidelijk de universele behoefte spreekt naar transcendentie, dat wil zeggen het verlangen om alle tegenstellingen en ordeningen waarmee we onze werkelijkheid bedienen, te overstijgen.